Judy Moody
y un verano que promete...
(Si NADIE se entromete)

Título original: *Judy Moody and the not Bummer Summer*

D.R. © del texto: Megan McDonald, 2011
D.R. © de las ilustraciones: CBM Productions, LLC, 2011
Basado en la película *Judy Moody and the not Bummer Summer*,
producida por Smokewood Entertainment group, LLC
D.R. © de la tipografía "Judy Moody": Peter H. Reynolds, 2004
Judy Moody es una marca registrada de Candlewick Press Inc
Publicado de acuerdo con Walker Books Limited, London SE11 5HJ
D.R. © de la traducción: Érika Dania Mejía Sandoval, 2011

D.R. © de esta edición:
Penguin Random House Grupo Editorial USA, LLC.,
8950 SW 74th Court, Suite 2010
Miami, FL 33156

Judy Moody y un verano que promete... (si nadie se entromete)

ISBN: 9781614350774

Printed in USA

18 17 16 15   6 7 8

Judy Moody
y un verano que promete...
(si NADIE se entromete)

Megan McDonald

**Todas las fotografías de
Suzanne Tenner**

ALFAGUARA

Para Richard

♋

Índice

Índice

∾

No más Ronquilandia

≪∿

¡UDC! ¡Último día de clases!

La cuenta regresiva: sólo 27 minutos, 17 segundos y 9 milisegundos para las... ¡VACACIONES!

No más vacaciones con R de Ronquilandia. Ella, Judy Moody, iba a tener las mejores vacaciones de su vida. ¡EXCEPCIONALES!

Judy le pasó un recadito a Rocky antes de que regresara el señor Todd.

Para: Rocky, Frank y Amy Namey
Qué: Reunión del club SOS
Cuándo: ¡Después de la escuela!
Dónde: Jardín de atrás de la casa de Moody:
tienda de campaña del club SOS
Vayan o serán unos Pantalones
Cuadrados, como Bob Esponja

Con un toquecito en el hombro, Rocky le pasó el papel del recado a Frank. El señor Todd entró al salón cargando una pila de papeles. Tenía puesta su gorra de **QUÉ MÚSICA**… ¡hacia atrás! Prendió y apagó varias veces las luces del salón para captar la atención de todos. Frank se llevó el recadito a la boca.

—¡Examen sorpresa! —dijo el señor Todd, y se oyó al grupo de tercer grado rezongando—. Sólo piensen que es su *última* prueba en el *último* día de clases.

—¡Ay, no-o! ¡Nada que ver! ¡Qué mala onda! —todo el mundo refunfuñó.

—Ni a patadas —dijo Frank. El papelito del recado salió disparado de su boca y fue a parar justo en medio del escritorio de Rocky. ¡Pura baba!

—¡Guácala! —gritó Rocky.

El señor Todd repartió las hojas de la prueba. Luego se aclaró la garganta.

—Pregunta número uno: ¿Cuántas veces vine a la escuela con una corbata morada este año?

Todos dieron respuestas a voz en cuello.

—¡Diez!

—¡Veintisiete!

—¡Cien!

—¡Cuatro!

—¡Nunca! —gritó Jessica Finch.

—¡Nunca es la respuesta correcta! —dijo el señor Todd—. Número dos: ¿Cuánto tiempo se tardó nuestro grupo en dar la vuelta al mundo?

—¡Ocho días! —dijo Frank.

—Ocho días *y medio* —dijo Judy.

—Demasiado fácil. Mejor hay que saltarnos unas cuantas. Aquí hay otra, está muy buena. Pero muy muy buena. Estamos hablando de ¡MUCHO GRANDE![1]

—¡Ya díganos! —clamaron todos.

—¿Alguien puede, eso significa USTEDES, grupo de tercero, adivinar qué voy a hacer yo, su maestro, el señor Todd, ESTE VERANO?

—¿Trabajar en el Pickle Barrel? —preguntó Hunter—. Yo lo vi en ese restaurante un día.

---

[1] En español en el original.

—Eso fue el verano pasado —dijo el señor Todd—. Pero estas vacaciones, si me encuentran, se ganan un premio.

—Necesitamos una pista— dijo Judy—. Denos una.

—¡Pista! ¡Pista! ¡Pista! ¡Pista! ¡Pista! —gritaba todo el salón.

—Bueno, bueno, está bien. Déjenme pensar. La pista es… FRÍO —el señor Todd se abrazó, pretendiendo que tiritaba—. Brrr.

Jackson agitó la mano.

—¡Vendedor de refrigeradores!

—¡El que quita la nieve! —dijo Jordan.

—¡Domador de osos polares! —dijo Anya.

Judy pensaba y pensaba. Sus ojos aterrizaron en el cartel de la Antártida clavado con tachuelas en el tablero de anuncios.

—¡Ah! ¡Ah! ¡Ya sé! Va a ir a la Antártida. La de verdad.

—No, no, para nada, nones —dijo el señor Todd.

¡Rrring! Justo en ese momento sonó la campana final. El grupo de tercero se volvió loco.

—Nos vemos el año que entra —dijo el señor Todd.

—¡A menos que lo veamos en las vacaciones! —le alcanzaron a gritar algunos niños.

—Adiós, señor Todd —gritó Judy, saliendo como un rayo por la puerta—. Manténgase calientito.

—¡Mantente siendo Judy! —exclamó el señor Todd a sus espaldas.

Desalentadélico

෨

—El último que llegue a la tienda es un tomate podrido.

Judy, Rocky y Amy se abrieron paso a empujones, rebasaron a Frank, y corrieron hasta la tienda de campaña del club SOS, en el jardín trasero de la casa de Judy.

—¡Oigan, no es justo! —dijo Frank.

Judy sacó una cartulina gigante, enrollada.

—¡Muy bien, colegas de SOS! Vamos a tener las vacaciones más superexcepcionales, prometedoras y para nada chafas de la vida.

—Tiempo, tiempo —dijo Amy, haciendo una T con las manos—. ¿Qué es un colega de SOS?

Judy, Frank y Rocky se miraron cautelosamente unos a otros.

—Se nos olvidó —dijo Rocky—. Amy ni siquiera es un miembro de nuestro club.

—Todavía —dijo Judy—. Rápido, Frank, ve a atrapar un sapo.

—¿Yo? Ve *tú* a atrapar un sapo —dijo Frank.

—¿Para qué necesitamos un sapo? —preguntó Amy.

Todos se atacaron de la risa.

—Ya verás —dijo Frank.

—Ya verás —dijo Rocky.

—¿Qué tal… Sapito? —preguntó Frank.

¡Claro! Judy fue y vino del cuarto de Stink en un santiamén, agarrando a Sapito, la mascota del club, con la mano. Se la pasó a Amy a la velocidad de la luz.

Amy miró detenidamente al sapo que tenía en la mano.

—No entiendo. ¿Qué se supone que debe pasar ahora? Si me salta a la cara, estarán fritos, chicos.

—Tú espérate —dijo Judy.

—Tú espérate —dijo Rocky.

—¿Sientes algo? —preguntó Frank.

—Sí. Un enorme, gordo, viscoso… —y de buenas a primeras, Amy puso una cara como si algo empezara a chorrearle en las manos.

—¡Iugh! —dijo, viendo fijamente al minúsculo charco amarillo, y le devolvió el sapito a Judy.

—¡Pipí de sapo! —exclamaron Rocky y Frank al mismo tiempo. Judy, Rocky y Frank se desternillaban de risa.

—No inventen. ¡Ay, qué asco! —dijo Amy, limpiándose la mano en las piernas de Judy.

—Qué *fantástico* asco —repuso Judy.

—Ahora ya eres un miembro de nuestro club —dijo Frank—. El club Si te Orina un Sapo.

—Eso te hace SAPsolutamente especial —dijo Rocky.

De un tirón, Judy quitó la liga de su esquema de cartulina.

—Entonces, chicos, ¿están listos para mi súper grandioso plan? Les presento... el único e incomparable... Megaexcepcional Desafío de Judy Moody del PARA NADA Chafa Periodo Vacacional.

Judy desenrolló su esquema.

—¡Tarán!

Calcomanías y diamantina salieron volando.

—¿Ven? Puntos de Reto, Puntos Estimulantes, Puntos de Bonificación, Puntos de Perdedor y el Gran Total.

—¿Eh? —dijo Rocky—. No capto.

—Ya saben, las vacaciones siempre son Aburridas-con-A-mayúscula, ¿no? Los puntos estimulantes van a salvar las vacaciones. Pasé dos días y dieciséis gomas de borrar tratando de resolver el asunto.

—¿Subirse al Monstruo de los Alaridos? ¿Surfear una ola? ¿Ésos son los retos? —preguntó Amy.

—Sipi sapo. Miren, un reto es algo *muy* divertido que nunca hayamos hecho antes y que nos dé un poco de miedo hacerlo. Suena chévere, ¿no?

—Caramba —dijo Rocky—. Creo que se me olvidó decirte que…

Judy le puso la mano en la boca.

—Como les iba diciendo… por cada desafío, ganamos diez puntos estimulantes, más los puntos de bonificación si hacemos algo loco, como subirnos con las manos arriba al Monstruo de los Alaridos, y se restan puntos de perdedor si nos rajamos.

—¡Aaah! ¿Y al final del verano sumamos todos los puntos? —preguntó Frank.

—Sí. Si alcanzamos cien, entonces, listo, en ese preciso segundo habremos tenido las mejores vacaciones jamás imaginadas. ¿No es estimulantélico, o qué?

Rocky se veía raro, como si tuviera suelto el estómago. Amy tenía cara de circunstancia, parecía que se acababa de tragar una rana.

—A Rocky se le olvidó decirte… que se va este verano al campamento del circo —dijo Amy.

—¿QUÉ?

—Ella también se va a ir de viaje —dijo Rocky—. ¡A Borneo!

Judy perdió la razón.

—¡Se pasan ustedes! Me la hicieron. Pensé que eran chicos serios. Borneo. Ésa está buena. ¿Y además qué se supone que ES Borneo?

—Es una isla. En Indonesia. Y voy, con mi mamá. Nos vamos el viernes que entra.

—Yo igual —dijo Rocky—. Voy a aprender a caminar en la cuerda floja y a hacer trucos de magia y cosas por el estilo.

—¡Eso es TAN injusto! ¿Cómo se supone que voy a tener las mejores vacaciones DE MI VIDA si ni siquiera van a estar *aquí*?

Frank levantó la vista del esquema.

—¡He-llo-o! Yo no voy a ir a ningún lado. Todavía *podemos* pasarla bien.

—Genial. Simplemente… genial.

Después de que sus amigos se fueron a casa, Judy se sentó en la tienda de campaña y se quedó viendo su esquema sin llenar. De pronto, le quedó claro que no parecía ser ni un poquito estimulantélico. Más bien se veía desalentadélico. Fracasélico.

—Ahora sólo somos tú y yo, Sapito. Otro verano largo, caliente y aburrido.

La cabeza de Stink se asomó de repente a la tienda de campaña.

—¡Ayúdame! Sapito no está. ¡Se escapó!

—Relájate, eSTINKandaloso. Aquí está. Lo necesitábamos para que Amy pudiera entrar al club Si te Orina un Sapo.

—¡Oye, no es justo! ¿Tuvieron una reunión del club Si te Orina un Sapo sin mí?

—Alégrate de no haber estado aquí. Fue la peor sesión del club de todos los tiempos.

—*Alguien* está de malas —dijo Stink.

—Tú también lo estarías si tus mejores amigos se fueran al campamento del circo y a Borneo a pasar el verano. Ahora estoy aquí atorada a-Burn-iéndome.

—¡Yo no! Tengo grandes planes para las vacaciones. Planes sobre Pie Grande. ¡Voy a capturar a Pie Grande!

—Stink, el único pie grande por aquí es el de tu par de ¡patotas apestosas!

—¿No has oído? Ha estado saliendo en todas las noticias. Hay avistamientos de Pie Grande por todos lados. Está súper cerca. Ayer, Riley Rottenberger le dijo a Webster, y Webster le dijo a Sophie, y Sophie me dijo a mí que Riley vio a Pie Grande *¡en el centro comercial!*

—Sí, ajá. Y tú, Stink Moody, lo vas a atrapar.

—¡Sipi! Puedes ayudarme si quieres.

Judy torció los ojos.

—Prefiero atrapar veneno de hiedra.

Éstas iban a ser las más aburridas y roncadoras vacaciones que jamás se hubiera imaginado. Total y absolutamente confirmado.

A-BURN-ida

๑

Una semana después, aunque Judy se había prometido que jamás de los jamases le iba a volver a hablar a Rocky, cruzó la calle en su bici para decirle adiós. Los papás de Rocky, sus tíos y un montón de primos le estaban haciendo una fiesta de despedida con un enorme pastel que decía "Hasta pronto" y muchas canciones como "Porque él es un buen compañero".

Judy le ayudó a Rocky a llevar a rastras una gran maleta hasta el asiento de atrás del auto. Rocky le dio un último empujón con el trasero.

—Entonces NO vas a ir al campamento del circo, ¿verdad? ¿Seguro que no quieres cambiar de opinión?

—¿Estás chiflada?

—Pero ¿qué tal si odias el campamento del circo? —preguntó Judy

—¿Qué hay para odiar? Caminar en la cuerda floja, hacer malabares, tragarse una espada, domar leones…

—¿Recoger caca de elefante todo el día? La caca de elefante pesa como doscientas toneladas. Además, huele peor que la flor fétida.

La mamá de Rocky tocó la bocina.

—Hora de irnos, Rock.

—¡Adiós! ¡No olvides escribir! ¡Te vamos a extrañar! ¡Rómpete una pierna! *Buon viaggio!* —exclamaba su familia.

—Judy dio un paso atrás. Su sonrisa empezaba a vacilar.

—Adiós.

—Adiós —dijo Rocky.

Ella iba al trote a la par del auto.

—Recuerda, si el campamento está súper aburrido, ¡siempre puedes volver a casa!

Judy se montó en su bici de un brinco y aceleró detrás del auto.

—¡Luego no digas que no te advertí sobre la cacaaaaaa!

Rocky les dijo adiós con la mano desde el asiento de atrás hasta que el auto desapareció de su vista.

Judy se fue en la bici directo a casa de Amy Namey. Cuando subió las escaleras,

Amy estaba tratando de meter a la fuerza el último libro de Nancy Drew en su mochila a rayas de cebra. Judy se tumbó en la cama de Amy haciendo una gigantesca bomba de chicle.

—Así que dime otra vez, ¿por qué te vas a a-Burn-ido?

—Bor-ne-o. Mi mamá va a escribir un artículo sobre una tribu perdida que se llama Penan. Ellos han vivido en la selva tropical desde siempre, pero todas sus tierras se están echando a perder porque los leñadores están talando todos los árboles.

—Eso me suena muy poco aburrido. Me gustaría poder ayudar a salvar a una tribu perdida.

—Ve a preguntarle a tu mamá. ¡A lo mejor te da permiso de venir con nosotros!

—¡Sí, le voy a decir! Al rato nos vemos —gritó Judy, cruzando a toda prisa la puerta. Dos segundos después, se apareció de nuevo en el cuarto de Amy.

—Pero en caso de que diga que no, aquí hay algo para que te acuerdes de mí por allá.

Judy rebuscó en su bolsillo y sacó una liga roja, una piedra de la suerte y medio lápiz Gruñón.

—Mira —dijo, entregándole el lápiz—. Escríbeme.

—Qué linda —dijo Amy—. Y me contestas.

Judy pedaleó a casa tan rápido como pudo, cantando: "Oh, Borne-e-o, yo dese-e-o visitarte-e-o...". Saltó de su bicicleta, dejando que se estrellara en el suelo.

—¡Mamá! —dio un alarido, irrumpiendo como una ráfaga por la puerta—. ¡Tengo una gran idea! ¡Mamiiiiii! ¡Adivina qué! Ya descubrí cómo salvar el verano.

—¿Salvar el verano? —dijo Mamá, distraída—. No sabía que estaba en problemas.

—Escucha esto: en vez de ir a casa de la Abuela Lou, a-bu-rri-do, vamos al NADA aburrido... ¡Borneo!

—¿Borneo? Judy, eso está del otro lado del mundo.

—¿Y? Tiene una selva tropical. ¡Y tribus perdidas que necesitan ser encontradas!

Stink entró a la cocina y se dirigió al refrigerador.

—¡Stink! ¡Adivina qué-o! ¡Nos vamos a Borneo! Pero necesitamos din-e-ro. ¡Hagamos una venta de garage! Venderé mi colección de mesas para pizza. ¡Tú puedes vender tu dulce ése, el Rompemandíbulas Más Grande del Mundo!

Parándose de puntitas, Stink jaló una bolsa de frutas del congelador.

—Ni de chiste. Estoy ocupado. ¿Éstos son arándanos? —Mamá asintió con la cabeza. Stink salió disparado de la cocina con la bolsa de arándanos.

Judy volteó a ver su anillo del humor. ¡Esperen! N-O, NO estaba en su dedo. Fantástico. Ahora, para colmo, había perdido su anillo del humor.

Ella, Judy Moody, estaba de mal humor. Y no necesitaba un anillo para probar que se trataba de un pésimo humor. El peor.

La siguiente semana fue a-bu-rri-dí-si-ma sin sus amigos. Y la semana que siguió también. Incluso Frank consiguió irse al Día de Campo de Aventuras Extremas. Todo lo que Judy logró hacer fue acampar en su litera de abajo y leer las aventuras extremas de Nancy Drew.

Entonces un día, el 4 de julio para ser exactos, Mamá dijo que le tenía algunas noticias. Tal vez eran unas súper-duper MAGNÍFICAS noticias. Tal vez ella, Judy Moody, ¡podría declarar la independencia de las vacaciones a-BURN-idas! Judy corrió escaleras abajo.

Mamá puso una mano en el hombro de Judy.

—Querida, tengo algo que decirte.

Judy se dejó caer pesadamente a la mesa de la cocina.

—Era Nana la que acaba de llamar por teléfono. Ella y el Abuelo se van a mudar a una comunidad de retiro, ¿recuerdas? Pero el Abuelo se lastimó la espalda, y necesitan ayuda. Así que no iremos a visitar a la Abuela Lou.

Judy brincó en su asiento.

—¿Quieres decir que... más bien vamos a visitar a Nana y al Abuelo en California? ¡Yuju! ¡Eso es *casi* tan bueno como Borneo!

Papá se apareció en el umbral de la puerta, sosteniendo un rodillo en una mano. Tenía una mancha de pintura verde en la cara.

—¿Le dijiste?

—No todo —dijo Mamá, echándole un vistazo a Judy.

Judy paseó la mirada de uno a otro, confundida.

—Escucha, bombón —dijo Papá, deslizándose en el asiento junto a Judy—. Tu Mamá y yo tenemos que tomar un vuelo pronto a California para ayudar a tus abuelos. Tú y Stink... —Judy se le quedó viendo fijamente, con el corazón en la garganta— ...se quedan aquí.

—¿Qué? —carraspeó Judy, boquiabierta—. ¿Me van a dejar? ¿Para que muera de inanición, aburrimiento y Stinkimiento?

—Pero la buena noticia es que… ¡viene la tía Opal! —dijo Mamá alegremente.

—¿La tía QUIÉN?

—Mi hermana —dijo Papá—. Ya conoces a tu tía Opal.

—La conocí cuando era prácticamente un bebé. ¡Ella podría ser una zombi, hasta donde yo sé!

Justo en ese momento, Stink entró dando zapatazos. Llevaba encima una vieja cobija verde atiborrada de hojas, ramitas y arándanos pegados.

—¿Me veo como un arbusto de moras?

—Ummm… —dijo Papá.

—Pareces una presa de castores —dijo la malhumorada de Judy.

—Estoy tratando de engañar a Pie Grande.

—Ah, en ese caso, definitivamente sí —dijo Papá—. Por supuesto.

—¡Fenomenal! —Stink se escabulló de la cocina.

—Entonces —dijo Judy, enumerando con los dedos—. No voy a ir a Borneo. No voy a ir a California. ¿Y ni siquiera voy a ir a casa de la Abuela Lou?

Mamá y Papá asintieron con la cabeza.

—¡Éste es el mucho-peor, doblemente-arruinado y botado-al-tiradero verano del UNIVERSO!

Judy subió corriendo las escaleras rumbo a su cuarto y azotó la puerta. Se arrojó a su litera de abajo.

—¡GRRR!

¡Tingalinga, ding! ¡Ding! ¡Ding! Afuera, la feliz tonada de un camión de helados

flotaba suavemente colándose por la ventana.

Stink llamó a gritos desde las escaleras.

—¡Judy! ¡Es el camión de los helados!

Judy vociferó contestándole.

—¡NO estoy de humor desde ningún ángulo! —se giró y se posó sobre algo—. Ay.

Era la Bola Mágica 8. La tomó y formuló una pregunta, agitando la bola con fuerza:

—Querida Bola Mágica 8, ¿estas vacaciones se podrían poner todavía peor?

La ventanita de la bola mágica dejó ver una clara respuesta: SIN DUDA ALGUNA.

Tía Abominable

Un par de días más tarde, Judy estaba en su litera de arriba leyendo el episodio de misterio número 44 de Nancy Drew cuando oyó un bocinazo desde afuera, en la calzada de entrada.

Papá anunció desde las escaleras:

—¡Stink! ¡Judy! ¡Ya llegó la tía Opal!

Judy saltó de su litera de arriba y corrió a la ventana. Tal como Nancy Drew, abrió tan sólo una rendija en la cortina para espiar a su tía Opal.

Todo lo que pudo ver fue un par de botas azules cortas asomándose por debajo de una maleta gigante. Dejó caer la cortina y corrió a su computadora.

Querida Amy,
El verano acaba de ponerse muchísimo peor. ¡La Tía Abominable ha desembarcado! Por favor vuelve a casa lo más pronto posible. ¡O si no, mándame un boleto a Borneo!

Judy dio vueltas y vueltas por su cuarto, hablándole a su gata Mouse.

—Apuesto a que tiene verrugas, Mouse. Y demoniacos ojos espeluznánticos. ¡Y nos hará comer tripas de pescado para el desayuno!

Mouse se lamió los bigotes.

¡*Bam!* ¡*Bam!* ¡*Bam!* Stink clavó la cabeza en el cuarto de Judy.

—Mamá quiere que bajemos. Ahora. Para conocer a la tía Opal.

Judy apuntó al letrero en la puerta.

—¿Qué nadie sabe leer por aquí o qué?

Stink leyó en voz alta:

—"No molestar. Judy Moody está pasando el verano en su habitación". ¿De veras? ¿El verano entero? ¿Y qué hay de la comida?

Judy señaló su ventana.

—Tengo una canasta. Y una cuerda muy larga. Pueden poner comida adentro y la jalaré hacia arriba.

—¿Y qué me dices de la tele?

Judy alzó un armatoste hecho de latas, rollos de papel higiénico, cinta canela y espejos.

—¿Para qué crees que es este periscopio?

—¡Qué chévere! ¿Y cómo vas a hacer para ir al baño?

Justo en ese momento, una columna de humo negro subió apaciblemente por las escaleras. Judy oyó un chillido, luego un sonoro estrépito y la voz de Mamá.

—¡Ay, no! ¡La cena se está... INCENDIANDO!

¡BIIIII! La alarma de humo repiqueteó por toda la casa. Stink salió velozmente de la habitación. Judy agarró su pistola de agua en forma de delfín y corrió hacia las escaleras.

—¡Fuego! ¿Dónde está el fuego? ¡La ayuda va en camino! ¡Abran paso!

Judy se abalanzó abajo entre la confusión, su pistola de agua en una mano y un juguete de chorro a presión en la otra. Irrumpiendo en la cocina llena de humo, asestó descargas de agua a derecha, izquierda y al centro, acometiendo sillas, mesas, a Stink, Mouse, Mandíbulas y la cacerola humeante que Mamá estaba poniendo en la mesa.

—¡Detente, Judy! Ya está bien... ¡BASTA! —dijo Mamá.

Un último tiro de la pistola de chorro le dio a la tía Opal, justo entre los ojos.

—Ups.

La tía Opal sacudió su larga cabellera roja y se rio.

—¡Judy!

Instantáneamente, Judy se sintió apretujada en un gran abrazo de oso.

—Has estado aquí sólo cinco minutos, Opal, ¡y ya la casa está en llamas! —dijo Papá mientras abría una ventana. Mamá agitó un trapo de cocina sobre la cacerola ennegrecida.

—Déjame verte —le dijo la tía Opal a Judy—. ¿Cuántos años tienes ya? ¿Doce?

—Nueve. Y algunos trimestres.

Judy miró a su tía de arriba abajo, desde su playera hippie hasta sus brillantes botas azules y el montón de brazaletes y pulseras tintineando en sus brazos.

—¡Impresionante! Tienes más pulseras que Chloe, mi tutora de matemáticas, ¡y ella está en la UNIVERSIDAD!

Opal se sacó de la muñeca un brazalete con diseño trenzado y se lo tendió a Judy.

—Te regalo este. Está hecho de pelo de yak.

—¡EXCEPCIONAL! —dijo Judy.

—Se lo compré a un muchacho en Nepal por quinientas rupias. ¡Creo que me estafó! —Opal hurgó en un bolso grande—. Aquí está tu VERDADERO regalo.

Le entregó una pequeña caja a Judy y un libro a Stink.

—¿Para mí? ¡Genial! —dijo Stink.

Judy abrió enloquecidamente la caja. Dentro estaba la madre de todos los anillos del humor: una serpiente plateada que se enroscaba en torno a un reluciente cristal del temperamento.

—¡Un anillo del humor! ¿Cómo supiste?

Opal le guiñó un ojo. Judy deslizó el anillo en su dedo. Se puso de color azul brillante.

—El azul significa *Feliz, Contenta* —dijo Judy.

Stink abrió su libro. *¿Así que quieres atrapar a Pie Grande?* ¡Guau! ¡Guuaau! ¡SUPER-MEGA GUAU!

—Creo que eres todo un éxito, Op —dijo Papá, poniéndole un brazo alrededor del hombro.

—Odio interrumpir, pero ¿qué vamos a hacer para la cena? —preguntó Mamá.

Judy y Stink no perdieron ni un segundo.

—¡Pizza! ¡Pizza!

✳ ✳ ✳

Antes de que pudieras decir *pepperoni*, Judy y Stink se lanzaron en la bicicleta a toda velocidad y pasaron por China (el bache número 1) y por Japón (el bache número 2) de camino a Gino's Pizza.

—Vamos a Pelos y Plumas mientras esperamos —dijo Stink—. Le tengo que enseñar a Zeke, de mi club Pie Grande, el nuevo libro. Y probarte a TI que Pie Grande sí existe.

—Ajáaa —Judy puso los ojos en blanco mientras Stink se precipitaba en la puerta de al lado para entrar a Pelos y Plumas. Se acercó rápidamente, agitando su libro en el aire, a un adolescente alto y flaco, con el pelo tapándole los ojos.

—¡Eh, Zeke! ¡Mira esto!

Zeke hizo volar el pelo de encima de sus ojos con un soplido y dejó escapar un chiflido.

—Ah, qué bonito. ¡Es una primera edición! —dijo Zeke, admirando el libro.

Stink sonrió con orgullo.

—Ella es Judy, mi hermana. No cree en Pie Grande, ¿puedes creerlo?

—¿En serio?

—Mega-total súper en serio —dijo Judy.

—Enséñale, Zeke. ¡Enséñale la prueba!

—¿Tú crees que ella pueda manejar lo de la *Cueva*? —preguntó Zeke, y Stink asintió.

—Sígueme —le dijo Zeke a Judy y se encaminó a la trastienda, pasando junto a una guacamaya roja posada en una percha.

"¡Pie Grande vive! ¡Pie Grande vive!", dijo la guacamaya.

Judy respingó, luego se apresuró a seguir a Zeke y Stink a través de una cortina de cuentas, y pasaron junto a varias pilas de cajas, comida y artículos para mascotas. La cabeza de Zeke chocó contra un letrero que decía CREYENTES DE PIE GRANDE, mientras entraba en una larga "cueva" hecha de cajas viejas y cubierta con bolsas de comida para perro rociadas con pintura en aerosol.

—¿Qué es esto, la sede de un club para murciélagos? —preguntó Judy.

—¡Bienvenida al centro de operaciones de la Asociación de Creyentes de Pie Grande!

—¿Está fabulístico, o QUÉ? —dijo Stink con altanería.

Zeke señaló un mapa de Virginia todo tachonado y con chinchetas.

—Éstos son todos los avistamientos de Pie Grande en los alrededores. Hemos estado siguiendo su rastro en cada uno de sus movimientos, y él DEFINITIVAMENTE se dirige hacia acá.

Stink tomó rápidamente un mechón de pelo gris que yacía en la mesa.

—¡Por Plutón! ¿Esto es lo que creo que es? ¿Pelo de Pie Grande?

—No, para nada, es de chinchilla —dijo Zeke, entre risas—. Tuve que cepillar a una esta mañana. Eso no importa. Vayamos a la prueba real. La mantengo almacenada en frío —y Zeke se detuvo ante un refrigerador en una esquina.

47

—Espera… ¿Dijiste almacenada *en frío*? —preguntó Judy—. ¿De casualidad conoces al señor Todd?

—Nop. Nunca he oído hablar de él —Zeke abrió el refrigerador. Muy cuidadosamente, sacó una foto de una bolsita de plástico—. Aquí tienes. Una insólita fotografía de Pie Grande. Ver, no tocar —y le tendió a Judy la borrosa foto en blanco y negro.

Judy resopló.

—¿Es broma? ¡Eso no es más que un tipo con un suéter de pelusa! ¡Ni siquiera tiene pies grandes!

—¡Estás loca! —dijo Stink—. ¡Han de ser del número 43 al menos!

Zeke metió de nuevo la foto en la bolsita de plástico.

—Si necesitas más pruebas, ven a una de nuestras reuniones. Los martes a las 6:00.

Judy negó sacudiendo la cabeza.

—Estoy ocupada los martes. Desde ahora y para siempre. Vamos, Stink, ya debe estar la pizza.

Judy puso un brazo en torno a Stink, arrastrándolo afuera.

—Te topo luego, pequeño amigo —le alcanzó a decir Zeke.

Stink volteó y le hizo a Zeke una feliz señal de aprobación con el dedo gordo hacia arriba.

El club Me Comí Algo Asqueroso

෨

Los Moody comieron su pizza en la mesa de picnic de la terraza de atrás, a la luz parpadeante de los farolillos de papel que Opal había colocado por doquier.

—No quedó nada más que las orillas del pan —dijo Stink.

—Y algo de atún para Mouse —dijo Judy.

—¡La pizza de atún es la mejor! —dijo Stink

—Espero que hayan dejado espacio para el postre —dijo a voces Opal.

Mamá y Papá se echaron una miradita.

—Stink, es de mala educación leer en la mesa —dijo Mamá.

—Pero vean esto. En la página trece. ¡La cama de Pie Grande! —Stink sostuvo en alto su libro.

La tía Opal regresó a la mesa, cargando una bandeja con rodajas de salchichas en una mano y, en la otra, un tazón con un potaje burbujeante, efervescente, de color naranja.

—¡Tarán! —dijo la tía Opal.

—¿Qué es? —preguntaron Judy y Stink al mismo tiempo.

—¡Fondue de mandarina! —dijo Opal.

—Para nosotros no, gracias —dijo Papá—. Tenemos que terminar de empacar.

—¿Salchichas para el postre? —preguntó Judy, impresionada.

—Parece vómito de Pie Grande —dijo Stink. Judy se botó de la risa.

Opal pinchó una rodaja de salchicha con un tenedor, lo zambulló en el potaje y luego se lo llevó rápidamente a la boca.

—Mmmm. Yo solía preparar esto para su papá cuando éramos niños.

Stink miró con curiosidad el tazón.

—¿Ésos son Fruti Lupis?

—A-já. Prueben, chicos.

—Tú primero —le dijo Judy a su hermano.

—Pero es que se ve muy… ¡guacaloso y esperpéntico!

—¿Esto? Esto no es nada. Cuando estuve en Bali, probé cucarachas asadas.

—¡Guáaaacatelas! —se desgañitaron Judy y Stink a la vez.

—Les diré algo: si los DOS le dan una probadita, todos podemos estar en el

mismo club, el club Me Comí Algo Asqueroso.

Stink y Judy se voltearon a ver, pelando
los ojos.

—¿Sólo una probadita? ¿Y ya entramos
al club Me Comí Algo Asqueroso? —preguntó Stink—. ¿De verdad?

—De verdad.

—¡Pásame esas salchichas! —dijo Judy,
con una sonrisita.

A la hora de dormir, la tía Opal se sentó
junto a Judy en la litera de arriba y se
puso a pintarle arco iris en las uñas de los
pies.

—Así que, después del Cuerpo de Paz,
hice una travesía por el desierto del Sahara y después de eso me fui a Bali, donde
estuve viviendo hasta hace un mes más o

menos —la tía Opal agitó un elegante abanico para secar las uñas de Judy.

—¡MEGAchévere! ¿De ahí viene la danza del vientre, esa que llaman *belly dance*?

—Ba-li, no *belly* —se rio—. Es una isla —Judy meneó los dedos de los pies—. Entonces, ¿qué hay para el verano? —preguntó la tía Opal—. ¿Alguna aventura emocionante de la que deba yo saber?

Judy hizo girar su nuevo anillo del humor sobre su dedo.

—Bueno, se supone que *iba* a tener el mejor verano de mi vida, pero mis amigos lo arruinaron.

Opal se arrebujó con las cobijas de la litera de abajo.

—Odio cuando pasa eso.

—¡En serio! Íbamos a hacer todos esos desafíos súper alucinantes y entonces obtendríamos los puntos para estimularnos a hacer más. Pero Rocky está en el campamento del circo y Amy se fue a Borneo.

Opal apagó la luz. La luz de la luna inundó la habitación. Judy se acurrucó en la cama con Mouse sobre su panza.

—ME ENCANTAN los desafíos —dijo Opal entre bostezos—. En Kenia, una vez alguien me retó a montar un avestruz para una carrera.

—¿Ganaste?

—Mi avestruz ganó… ¡sin mí! Me caí en la línea de salida —dijo Opal soñolienta.

—¿Sabes qué, Tía Opal? Me acabas de dar una idea.

Oorggrrr-shiuu. Un ligero ronquido le llegó desde la litera de abajo.

—O sea, ¿qué pasa si SIGUIÉRAMOS haciendo lo del plan de retos, pero lo convertimos en una carrera... yo, Rocky, Amy y Frank?

Oorggrrr-shiuu. Más ronquidos.

—¡Cada uno podría hacer sus propios desafíos y llevar el registro de sus puntos! El primero que llegue a cien gan...

¡OORGGRRR-SHIUU!

Judy ladeó la cabeza colgando sobre el borde de la cama.

—No inventes, Mouse, la tía Opal ronca más fuerte que una licuadora.

En ese instante, Judy se inclinó demasiado y se cayó de la cama.

—¡Aaaagh! —se golpeó de narices contra la silla de su escritorio, que volcó a su vez una lámpara de piso, que se estrelló contra la torre de todos los cincuenta y seis clásicos de Nancy Drew.

Stink entró corriendo.

—¿Qué pasa?

—¡Sshhh! ¡Vas a despertar a la tía Opal!

Se acercaron de puntitas a la litera de abajo. Opal seguía en los brazos de Morfeo, profundamente dormida. Judy le acomodó la colcha con delicadeza.

—¿Sigue dormida después de eso? —susurró Stink—. Qué raro.

—Bueno, ya vete a acostar, Stink.

—Oye, estaba leyendo... ¿Sabías que Pie Grande le teme a sólo dos cosas en la vida?

—¡Ya fue suficiente con eso de Pie Grande! —Judy suspiró mientras lo empujaba fuera de su habitación.

—¿Pero no quieres saber qué son esas cosas? Los cobayas y... ¡las bocinas de los autos! —susurró mientras Judy le azotaba la puerta en la cara.

Judy agarró su computadora y silenciosamente se acomodó dentro del clóset, desplomándose pesadamente sobre un montón de ropa sucia.

Queridos Amy y Rocky (¡tú también, Frank!):
Aquí les va ¡una SÚPER-EXCEPCIONAL IDEA! Hagamos una carrera de retos, empezando ¡desde YA! El primero que consiga 100 puntos ¡GANA! ¿Qué dicen?
Judy

Judy esperó. Se quitó una curita y se arrancó una costra, esperando poder conservarla para su colección de costras.

¡Ding! Un correo electrónico. ¡Era de Rocky!

¿Una carrera de retos? Me apunto. ¡Miren nada más lo que hice hoy!

Judy hizo clic sobre una foto de Rocky en leotardos, caminando sobre una cuerda floja muy alto en el aire, sosteniendo una larga vara.

Diez puntos estimulantes, claro, ¿o no? Tengo que irme a dormir ahora; mañana será el día de ¡tragar espadas! Adióooooos...

—Tú espera y verás, Rocky Zang —musitó Judy—. Tú. Espera. Y verás.

Incentivos y resbalones

❧

Era el momento. El momento de decir adiós a Mamá y a Papá. El taxi esperaba en la cuneta mientras todo el mundo se abrazaba un millón de veces.

—¿Podrían traernos de regreso algunos chicles californianos? —preguntó Judy.

Papá despeinó los cabellos de Judy.

—Mejor aún… ¿qué te parece si mastico algunos y los pego en el Muro Oficial del Chicle, en tu honor?

—¡Excepcional! ¿Me lo prometes?

—Que me parta un rayo si no.

Los padres de Judy se subieron al auto.

—¿Podemos comer dulces en el desayuno? —preguntó Stink.

—No —dijo Mamá—. ¡Adiós! ¡Pórtense bien!

Judy y Stink corrieron detrás del taxi.

—Llámennos todos los días, ¿eh?

—¿Podemos comer dulces a la hora de la comida?

—¡Adiós! ¡Adiósadiósadiósadiósadiós!

El taxi se había ido. El labio de Stink comenzó a temblar. La tía Opal le pasó un brazo alrededor.

En eso estaban cuando Frank llegó corriendo a toda prisa.

—¿Es la hora?

—Es la hora —dijo Judy—. Sincronicen los relojes. A partir de las 2:12 p.m., jueves 7 de julio, la carrera de retos COMIENZA.

Frank se puso a saltar de emoción.

—Entonces, ¿cuál es el primer reto?

Judy agitó frente a la cara de Frank la foto de Rocky sobre la cuerda floja.

—Éste.

—¿Nos vamos a poner leotardos?

Judy cogió de nuevo la foto.

—NO. ¿Qué no ves? Él está caminando sobre una cuerda. Una cuerda FLOJA. Suspendido muy por arriba del suelo. ¡Es un DESAFÍO MORTAL!

—¡Aaaaah… síiii!

En menos de lo que canta un gallo, Judy y Frank extendieron una cuerda gruesa desde un árbol voluminoso en el jardín, y la hicieron pasar sobre el riachuelo hasta un árbol en el bosque. Judy la ató y ciñó bien, y le dio un tañido más sólo para asegurarse de que estaba tensa. ¡Perfecto![2]

Entonces escucharon un pum, luego un traqueteo, otro pum y luego un ruido sordo. Stink. Había vaciado una carga de carretilla llena de tablones en la base del árbol.

—¿Qué crees que estás haciendo? —preguntó Judy.

—¡Estoy construyendo una trampa para Pie Grande! —dijo Stink—. Lo voy a atraer hasta aquí engañándolo con un señuelo de crema de cacahuate. Pie Grande AMA la crema de cacahuate (página catorce de mi libro), y luego, ¡pácatelas! ¡Desde el árbol le va a caer una red en la cabeza!

---

[2] En español en el original.

—No desde este árbol. Es mío. Lo reclamo.

—No puedes reclamar un árbol para ti —dijo Stink.

—¿Ah, no? Mira. Mío —Judy le dio unos golpecitos al árbol, sonriendo con aire satisfecho.

Stink también le dio unos ligeros golpecitos.

—Mío.

—¡MÍO! —dijo Judy, más fuerte.

—¡MÍO! —Stink extendió sus brazos alrededor del árbol.

Judy extendió los suyos alrededor de Stink y trató de hacerle una palanca para quitarlo de ahí.

—¡ES MÍO! —gritó Judy.

—¡Ya paren, ustedes! —Frank intentó hacerles palanca a *ambos*.

¡Tingalinga, ding! ¡Ding! ¡Ding!

—¡El camión de los helados! —gritó Stink.

Todos cayeron al suelo. Stink pegó la carrera hasta la calle.

—Qué nieve ni qué helado, yo grito, tú gritas, gritamos por un Antiguo Rey Congelado.

Judy le dio un abrazo de oso al árbol.

—¡Yupi! ¡Es mío!

Frank salió pitando detrás de Stink.

—Frank, ¿a dónde vas? —lo llamó Judy.

—¡Por helado!

—Pero ahora es nuestra oportunidad. ¡Antes de que Stink regrese! ¡Piensa! ¿Qué es más importante? ¿Un helado o los puntos estimulantes?

—Bueno, está bien.

Judy se quitó los zapatos, y Frank ahuecó las manos para hacerle pie de ladrón.

Ella puso su otro pie sobre la cuerda, agarró el tronco del árbol y...

—¡TA-RÁN! —dijo Judy—. Ahora, la-de-
altos-vuelos y desafiadora-de-la-muerte Judini cruzará... ¡las cataratas del Niágara!
Un resbalón, ¡y será su perdición!

Con los brazos extendidos, Judy avanzó poco a poco a lo largo de la cuerda.

—¡Vean esto! Lo estoy logrando. Estoy
cruzando las Estruendosas Cataratas del
Niágara! —y en eso se tambaleó.

—¡Uy! —exclamó Frank

—¡No te preocupes! La gran Judini no
caerá al precipicio... ¡aaagh!

Frank se había parado encima de la
cuerda.

—¡Quítate de ahí, Frank! ¡Un-pie-a-la-
vez!

¡Tingalinga, ding! ¡Ding! ¡Ding!

66

—¡Apúrate, que quiero un helado!

Judy arreció el paso.

—Diez puntos estimulantes si tan sólo termino…

En ese segundo, la cuerda se sacudió con un jalonazo.

—¡Mosquitos merodeando!—gritó Frank.

Los brazos de Judy se agitaron como un rehilete sin ton ni son mientras Frank daba frenéticos manotazos en el aire alrededor de su cabeza.

—¡Deja de BAMBOLEARME!

—¡No lo puedo evitar! Hay un mosquito revoloteando sobre mi… ¡aaaah!

¡Púmbatelas! ¡Splash! Judy y Frank se cayeron y salpicaron agua aquí y allá. Judy estaba escurriendo lodo y se le pegaron plastas de hojas mojadas por todos lados. Frank se sacó un bicho acuático del pelo.

Stink les presumió un enorme helado.

—Ja, ja, ¡se lo perdieron!

Frank fulminó a Judy con la mirada.

—Cuando vayamos al Monstruo de los Alaridos, voy a comprarme ¡DIEZ helados!

El Monstruo del Vómito

෧ා

El sábado, Judy estaba esperando a Frank. Su hermana mayor, Maddy, los iba a llevar a la Isla Endemoniada. Varias piezas de coloridos trastes viejos, platos, tazones y tazas estaban esparcidos por toda la terraza trasera de la casa, y Judy vio a la tía Opal hacer pedazos una vieja tetera.

—Oye, ¿puedo estrellar algo? Es que normalmente me meto en líos cuando rompo las cosas. Por cierto, ¿qué estás haciendo?

—No estoy segura todavía.

¡Jonc, jonc! ¡Biiiip! Frank y Maddy se orillaron a la entrada en un Mini Cooper que tenía una franja de carreras.

—¡Hola, Judy! —la llamó la hermana de Frank—. ¿Lista para gritar con las emociones fuertes?

—¡HASTA LA MUERTE! —exclamó Judy—. Me da no sé qué estrellar un plato e irme corriendo, pero... nos vemos luego, Tía Opal.

—¡Pega un pequeño grito por mí! —Opal les dijo adiós con la mano mientras Judy corría hasta el auto.

Al saltar dentro del auto, algo esponjoso y rosa se le metió a la boca a Judy. ¡Puf!

—¿Qué son todas esas nubes de merengue rosa? —preguntó, quitándoselo de la cara con un soplido.

—Es mi vestido del baile de graduación —dijo Maddy—. Lo tengo que llevar a la tintorería.

Judy forcejeó con el vestido, empujándolo a un lado.

—Ni muerta saldría a la calle viéndome algo-así-como un algodón de azúcar esponjado y rosa —dijo Judy.

—Hablando de algodón de azúcar —dijo Frank—, ¿qué vamos a comer primero?

—PRIMERO vamos a ir al Remolino —dijo Judy.

—DESPUÉS vamos a comer helado, ¿bueno? —dijo Frank.

—Está bien. Y conos de nieve.

—Y banderillas. Y canicas de chicle.

—¡EXCEPCIONAL! Estaremos listos para el Monstruo de los Alaridos, seguro.

El auto pasó por el Club de Nado en el Lago de las Ranas. Judy y Frank casi se rompen el pescuezo al volver la cabeza.

—¡FRENA! —gritaron ambos.

Maddy pisó el pedal y se detuvo de golpe, haciendo chirriar las llantas por el enfrenón.

—¿Estás pensando lo mismo que yo? —preguntó Frank.

—¡El señor Todd! —dijeron ambos en el mismo momento—. ¡Agua fría!

Judy y Frank se lanzaron adentro. Buscaron en la alberca, alrededor de la piscina, debajo del salvavidas, en la ventana por donde despachaban la comida, incluso en el baño.

La cabeza de Frank asomó desde dentro de un depósito gigante de fideos de plástico para la alberca.

—¡Rana! Estaba SEGURO de que estaría aquí.

—No te preocupes. Lo encontraremos. Tenemos TOOOODO el verano.

Judy y Frank estiraron el cuello y clavaron la mirada hasta arriba de la montaña rusa, que serpenteaba dando vueltas y vueltas. Los alaridos y los estridentes chillidos llenaban el aire.

—¡Supercalifragilistico-esti-mulan-télico! —dijo Judy.

Frank tenía la lengua azul. En una mano sostenía dos conos de bola doble de helado sabor mora azul y en la otra tenía un cono de nieve morada. De sus bolsillos traseros sobresalía algodón de azúcar y una banderilla.

—¡Ay, nanita! ¿Cuántos puntos estimulantes obtendremos por eso? —dijo Frank.

—Diez. Más puntos extra si lo hacemos ¡CON LAS MANOS ARRIBA!

El carro llegó deslizándose y el paseo se detuvo. La gente vacilaba atolondrada para salir de sus asientos, con los ojos vidriosos y todos con los cabellos despeinados. Judy le alcanzó doce boletos a un tipo que llevaba un corte de pelo estilo mohawk y una playera que decía **RENDIDO AL ALARIDO**.

—No se puede pasar con comida, niño —dijo el Hombre Mohawk, señalando un bote de basura.

—¿Qué? ¡Ni de broma voy a deshacerme de esto!

—Entonces retírese de la fila, señor.

Frank se hizo a un lado.

—¡Frank! ¡Hemos estado esperando durante una hora! —dijo Judy, arrastrándolo de nuevo a la fila—. ¡Renuncia al helado!

—¿Está loca? —Frank dio un descomunal mordisco y trituró el hielo con los dientes.

—¡Ya, en serio! Tenemos que ganar puntos estimulantes. Hasta ahora llevamos un CERO redondo.

—¡Está bien, está bien! —mientras Judy corría hasta su asiento, Frank se apresuró y se embadurnó la cara atiborrándose con un último mordisco de cada cosa que llevaba en las manos. Un crujido por aquí, un sorbetón por acá.

—¡FRANK!

Frank se deshizo del resto de su comida y saltó al carro del frente, al lado de Judy. *Clanc*. Una barra descendió hasta la cintura y los aseguró a su asiento.

—¡Esto es todo! —dijo Judy.

—¡Puntos extra, aquí vamos! —gritó Frank.

Con un fuerte ronroneo, el tren de carros empezó a avanzar con sacudidas y bandazos, subiendo poco a poco por la carrilera.

—¡Manos arriba! —le dijo Judy a Frank—. ¡Cada segundo cuenta!

Frank alzó las manos. Se empezó a ver un poco mareado.

—No estoy muy seguro de esto —le dijo a Judy.

—Ya es demasiado tarde —gritó Judy. El carro iba aminorando el paso conforme alcanzaba el punto cumbre de la primera gran bajada—, porque ¡aquí vamooooo-OOOOOOOS!

¡Yuju! La montaña rusa bajó la colina zumbando a velocidad luz. Justo antes de

darse contra el suelo, se disparó de nuevo hacia arriba en el aire, contorsionándose en zigzag y dando enseguida una escalofriante voltereta de espirales.

—¡Aaaaaaahh! —gritó Judy.

—¡AAAAAAAHHH! —Frank pegó un alarido más fuerte, sujetándose firmemente el estómago.

El pelo de Judy se elevó por los aires con rapidez. Ella se reía y volteó a ver a Frank. Su sonrisa desapareció en un parpadeo. La cara de Frank se veía como una caricatura. Se había vuelto verde, tan verde como la de Shrek. ¡Más verde que la de Hulk!

—No no no no ¡NO! Frank Pearl, ¡no te ATREVAAAAAS!

De golpe y porrazo, Frank hizo arcadas de asco y enseguida ¡VOMITÓ! Arrojó un chorro con grandes trozos azules.

Antes de que pudieras decir Monstruo de los Alaridos, ella, Judy Moody, estaba cubierta de azul.

El Monstruo de los Alaridos se acababa de convertir en... el Monstruo del Vómito.

* * *

Judy avanzó trabajosamente por la banqueta hacia la puerta principal. La puerta de malla estaba cerrada. La televisión bombardeaba con noticias acerca de más avistamientos locales de Pie Grande.

"Reportando en vivo desde el estacionamiento de Pelos y Plumas, soy Jess Higginbottom Clark, WH20."

¡Ding ding ding ding ding! Judy presionó el timbre de la puerta con el codo.

—Stink, puedo verte ahí dentro viendo la tele. ¡Abre la puerta!

Stink se separó de la televisión.

—¿Oíste eso? Eran Herb y Rose Birnbaum, del club Pie Grande. ¡Ellos lo vieron! Ellos de verdad...

Botó el cerrojo y abrió la puerta. Se quedó boquiabierto. Judy llevaba puesto un esponjado y voluminoso vestido rosa de graduación. Sostenía una parte del vestido con una mano y una repugnante bolsa de plástico en la otra.

—¡Judy! —la llamó Opal desde la cocina—. ¿Te divertiste?

—¡Fue al BAILE DE GRADUACIÓN con Frank Pearl! —dijo Stink. Volteó a ver a Judy—. ¿Qué onda con ese vestido tan rarito? ¿Sí fuiste al baile de graduación con Frank Pearl? —dijo Stink en burla—.

¡Aaah! Pensé que ibas a ir a la Isla Endemoniada.

—Ya para, inSectink. NO. Estoy. De. Humor.

—Uf. ¿Qué hay en la bolsa? ¿Zorrillos muertos? ¡Puaj! —y se tapó la nariz—. Huele peor que caca de elefante.

—*Tú* eres el que huele peor que la caca de elefante —Judy lo empujó para poder pasar.

—¡Espérate! ¿Qué pasó? Ya en serio.

—Ni preguntes. Fuera de broma. ¡NO PREGUNTES!

—¿Dónde está Judy? —preguntó Opal, entrando al vestíbulo.

—No preguntes —dijo Stink.

—¿Qué es ese olor? —preguntó Opal, olisqueando el aire.

—Doble no preguntes —dijo Stink.

Minutos más tarde, justo cuando Judy se estaba deslizando entre las burbujas de la tina, alguien tocó la puerta.

—¡Stink, te dije que no preguntaras ni miau! —gritó ella a través de la puerta.

—No estoy preguntando nada. Te estoy DICIENDO. O sea, sólo te estoy comentando… te llegó una postal de Rocky.

Judy se animó de nuevo.

—Ah, eso es distinto. ¿Y por qué no me habías dicho? ¿Qué dice? ¿Me la puedes leer?

—Seguro —Stink se aclaró la garganta. Empezó a leer con una fingida voz grave.

—"Querida Judy. ¿Cómo estás? Yo estoy bi…".

—Ya estuvo bueno, Stinktineo. Limítate a leerla como una persona normal.

—¿No quieres que suene como Rocky?

—No quiero que suenes como Darth Vader atrapado en una aspiradora.

—Bueno ya, ya. "Querida Judy. ¿Cómo estás? Yo estoy bien. Adivina qué. ¡Acabo de aprender cómo serruchar a alguien por la mitad!".

Judy se incorporó para sentarse en la tina y salpicó agua por todas partes.

—¡No es justo! Yo quiero serruchar a alguien por la mitad. Digamos, a Frank *Cabeza de Vómito* Pearl.

Stink siguió leyendo.

—"¡Estuvo súper ultrachévere! Incluso vamos a estar en un circo de verdad, y tienes que venir, ¿eh? El 7 de agosto. SPQLS (Sólo Para Que Lo Sepas), ¡estoy a punto de alcanzar 37 puntos estimulantes! ¿Cuántos llevas tú?"

Judy se hundía más y más entre las pompas de jabón.

—"Me gustaría serrucharte A TI por la mitad, Rocky Zang."

Blub, blub.

—Y no te he olvidado, Frank Pearl.

Blub.

—¿Ya acabaste de sacudirte los piojos del baile con Frank Pearl? Porque voy a ir a una reunión de emergencia al club Pie Grande. ¿Quieres venir? Empieza en catorce minutos y treinta y siete segundos.

—Stink, tienes un Pie Grande *en el cerebro.*

—Bueno. Pero luego no me andes pidiendo mi autógrafo cuando capture a Pie Grande ¡y me vuelva súper famoso!

Pegamento Goliat

❦

Judy se quedó viendo su esquema de puntos estimulantes. Ya eran mediados de julio, y su gráfica se veía Blanquilandia. Medio desnuda. Sin adornitos. Sin emoción. Tomó un marcador aromático, con olor a fresa.

—Diez puntos por subirme al Monstruo de los Alaridos, Mouse. Menos cinco por la vomitona y cinco por el vestido de graduación es igual a... —Mouse maulló—.

Tienes razón, Mouse. Una dona colosal —Judy estaba trazando y volviendo a trazar un cero en la columna de total de puntos cuando *CATAPLUM*, escuchó un tremendo trancazo. Salió como bólido escaleras abajo y derrapó hasta hacer alto justo en mitad de la sala.

—¿Qué pasó? ¿Se cayó el techo o algo así?

—Sólo tiré esto —la tía Opal levantó la flamante tapa de un bote de basura como si fuera un tesoro egipcio—. No puedo decidir si esto es un escudo, un sombrero o la rueda de una carroza.

—Um, detesto decírtelo, pero creo que es la tapa de la basura.

—Bueno, desde luego, ¿pero qué será realmente? Es decir, ¿en qué se querrá convertir?

—A lo mejor quiere hacerse grande y volverse un súper contenedor de basura

—Judy se botó de la risa. Se dirigió hacia un baúl gigante lleno de materiales de arte—. Y a propósito, ¿qué hay aquí dentro, eh?

—Es mi estudio de arte ambulante —Opal le dijo a Judy—. Con todas mis herramientas y materiales, puedo hacer cualquier cosa, desde pinturas movibles hasta murales.

—¿Eres una artista?

Opal eligió un retazo de tela, pegamento Goliat, listones y un martillo, y los dejó caer en el sillón junto a la tapa.

—Una artista guerrillera, en realidad.

—¿Gorilera? ¿Como un simio?

Opal sacudió la cabeza.

—Como en secreto. A escondidas del radar. Un artista guerrillero hace arte a partir de todo lo que se encuentra por ahí y lo pone en donde sea.

—Suena chévere. Pero ¿por qué?

La tía Opal sonrió.

—Pues es divertido. Y creativo. Y audaz. Mira, esto es lo que estoy pensando... —Opal le cuchicheó a Judy, y una amplia y traviesa sonrisita se extendió en la cara de Judy.

Durante la hora siguiente, Judy cortó, pegó y pintó insectos de papel. La tía Opal martilló, retorció, moldeó y lustró la tapa del bote de basura.

—Es súper chévere hacer todo este relajo —dijo Judy.

—De eso justamente se trata el arte —dijo Opal.

Judy hizo una enorme espiral de pegamento Goliat con la mano sobre la tapa de la basura, luego le pegó una mariposa, una libélula y su insecto favorito, el escarabajo tigre de la playa del noreste.

—¡Tarán! —recargándose sobre la mesa con una mano, adoptó una pose y se pavoneó con su sombrero. *¡Toioioing!* Los bichos saltaban arriba y abajo con los resortes metálicos de juguete que Judy había usado.

—¡Fantástico! TE DIJE que era un sombrero.

Opal alzó su propio sombrero, que estaba engalanado con pedacería de cerámica, listones, trocitos de vidrio de colores y gemas centelleantes.

—Ahora todo lo que tenemos que hacer es ir sigilosamente a la biblioteca y ponerles los sombreros a las esculturas de leones que hay en la entrada del edificio. Pero tiene que ser ya tarde, en la noche, después de que oscurezca, para que nadie nos vea.

—¡Qué bien, eso equivaldría a puntos estimulantes, seguro! —dijo Judy.

Se oyó un portazo, Stink entró de sopetón en la sala, todo emocionado.

—¡Adivinen qué! Zeke me dio tarea que hacer. ¡Tengo que buscar EXCREMENTOS de Pie Grande! —y orgullosamente sostuvo en alto unas tenazas, bolsas de plástico y una pequeña pala.

—¿Estás seguro de que no te estaba diciendo que mejor te EXFUMARAS? —bromeó Judy.

—Zeke dice que uno tiene que husmear buscando un olor verdaderamente nauseabundo, para lo que yo soy súper hábil, por cierto, y buscar algo oscuro que se vea como tierra orgánica o abono sobre rocas planas. Luego hay que removerla para ver si tiene hojas o bayas. Por eso nunca se debe salir de casa sin...

¡Tingalinga, ding! ¡Ding! ¡Ding!

—¡El camión de los helados! —Stink soltó sus cosas como si fueran una papa caliente y cruzó la puerta hecho un vendaval. La tía Opal corrió detrás de él.

—¡Espérenme! —Judy empezó a correr, pero la mesa entera se vino con ella—. ¡Ayúdenme! —su mano estaba pegada firmemente a la mesa. Tiró de ella. La jaló con más ímpetu—. ¡Oigan! ¡Alguien que me ayude! ¡Mi mano! ¡Se quedó pegada! ¡ESTOY GOLIATIPEGADA A LA MESA!

La tía Opal se apresuró a regresar.

—¿Qué? Estás cotorreando, ¿verdad?

Judy intentó de nuevo quitar a la fuerza su mano, pero todo lo que logró fue levantar también la mesa. Opal se precipitó a la cocina.

—¡APESTINK! ¡CÓMPRAME UN HELADO! —gritó Judy por la puerta principal.

Opal volvió con aceite de oliva, mayonesa y una espátula.

—Creo que no es momento de hacer un sándwich —dijo Judy.

—Tú confía en mí —dijo Opal, y vació aceite de oliva y untó mayonesa por toda la mano de Judy. Stink regresó, chupando una paleta de hielo de muchos colores.

—¿Dónde está la mía?

—Pensé que saldrías. ¿Cómo se supone que iba yo a adivinar que te habías pegado tú solita a la mesa? ¿Quieres? —preguntó Stink, tendiéndole su paleta.

—¿Una paleta YB? ¿Ya-Babeada? Olvídalo.

—Esto no tomará mucho más tiempo, lo prometo —dijo la tía Opal.

—Las clásicas palabras —dijo Judy. Cuarenta y siete intentos después, estaba completamente agotada.

—Bueno, hemos tratado con agua tibia, un cincel, jabón de manos, detergente de ropa, lavatrastes y hasta Easy-Off —la tía Opal zarandeó el brazo de Judy. Judy movió uno, dos, tres dedos.

—¡Casi, casi... lo tenemos! —gritó la tía Opal.

Por fin, la mano de Judy se desprendió de la mesa de un tirón.

—¡Libre al fin! En menos de —Stink verificó la hora en el reloj— ¡una hora y cuarenta y siete minutos!

—No tenía idea de que ese pegamento fuera tan fuerte —dijo Opal—. ¿Cómo está tu mano?

—Mejor, ahora que no tiene pegada una mesa. De seguro voy a necesitar algunas curitas. Pero mi anillo del humor está de malas. Se me hace que se va a quedar negro para siempre. Ash, éste ha sido el peor día de mi vida.

—¿Peor que cuando me tuve que vestir como una bandera humana e ir a la Casa Blanca? —preguntó Stink—. Y tú tuviste que ir a la escuela vestida de caries.

Judy se puso a perseguir a Stink alrededor de la mesa con el frasco de pegamento Goliat en la mano.

—Lo siento, Judy —dijo la tía Opal—. Te voy a compensar. Pídeme lo que quieras.

Judy la miró.

—¿De veras? ¿Lo dices en serio? ¿Cualquier cosa?

La tía Opal asintió con la cabeza. Judy le acercó el periódico.

—Mientras estaba pegada, vi esto en el periódico. El próximo sábado va a haber

un Recorrido Nocturno por el Cementerio. ¿Podemos ir?

—¿Eso vale puntos estimulantes? —preguntó la tía Opal.

—¿Una excursión zombi a *media noche*?
¿Atravesando un panteón? ¿Dije acaso *a
la media noche*?

—Entonces, claro que sí. Por supuesto.

Picnic de caca

🙟

Judy apenas si podía esperar que ya fuera
el Recorrido Nocturno por el Cementerio.
Por fin llegó el sábado. La tía Opal estaba,
a toda prisa, haciendo sándwiches y apre-
tujándolos en una bolsa de plástico. Con
guantes de hule puestos, Stink atiborraba
otra bolsa con muestras de excremento.
Judy se sentó en la esquina, tecleando un
correo electrónico con una sola mano, la
SIN-curita, la NO Goliatipegada mano.

—Bueno, pues, entonces nos iremos en unos minutos y comeremos nuestra merienda al aire libre en el cementerio, ¿está bien? —dijo la tía Opal.

—¡EXCEPCIONAL! ¡Puntos extra por comer junto a los esqueletos! Los necesito porque adivinen qué... ¡Amy acaba de nadar con un tiburón!

—¡Déjame ver, déjame ver, déjame ver! —exclamó Stink, lanzando sus bolsas de excrementos a la barra de la cocina.

Judy sesgó la computadora para que su hermano pudiera echar un vistazo. Stink leyó en voz alta.

—"Querida Judy La Más Moody: Ayer hice lo más enfermamente-increíble que te puedas imaginar... ¡NADÉ con un TIBURÓN! ¡Eso cuenta como por veinte puntos estimulantes, por lo MENOS!

Stink silbó.

—¡No inventes! Vas a perder esa carrera VERGONZOSAMENTE. Mira, mira. ¡Tu anillo está VERDE! ¡Verde de ENVIDIA!

Judy bajó la vista hasta su anillo del humor. En efecto, se estaba tornando verde.

—¡Hora de irnos! —Opal tomó la canasta del picnic. Judy y Stink la siguieron.

—Tu anillo está verde como ¡LODO DE ESTANQUE! ¡Verde como MOCO SECO!

—Stink, eres un súper-estratosférico moco.

Judy y Stink se detuvieron frente al auto.

—¡Oye, Tía Opal! ¿A dónde vas? —gritó Judy.

—¡Al cementerio! ¿Qué no nos vamos a ir caminando? —Judy y Stink soltaron la carcajada.

—Cómo se te ocurre. Está a un millón de kilómetros de aquí. Tenemos que irnos en Humphrey.

—¿Quién es Humphrey?

—Así es como Papá llama a nuestro auto. Dice que se parece a Humphrey.

La tía Opal sonrió.

—Su papá tenía una bici llamada Humphrey. ¡Oigan, ya sé! ¡Vámonos en bicicleta!

Stink sacudió la cabeza.

—No nos dejan. No después del anochecer.

La tía Opal se mordió el labio.

—Ah, qué lata. Bueno, entonces... aquí vamos, creo.

Judy y Stink se abrocharon el cinturón en el asiento trasero. Opal encendió el auto, volteó a ver atrás por precaución y se abalanzó hacia delante con una sacudida. Entonces, pisó el freno.

—¡Oye! ¡Ten cuidado! —exclamó Judy.

—Um, sí *sabes* manejar, ¿verdad? —preguntó Stink.

—¡Claro! Manejé por todo el Cuerno de África, la parte oriental del continente... hace como diez años —y cambió la palanca de velocidades a reversa esta vez, luego metió el acelerador. El auto viró bruscamente hacia la calle, chirriando y jaloneándose hasta un alto.

—¿A eso le llamas manejar? —gritó Stink.

—Perdón. No se preocupen. Me está volviendo todo a la memoria.

—¡Cuidado! Te vas a estrellar con el... —Humphrey se encaramó en la banqueta—...buzón.

—¡Ay... porquería! —gritó la tía Opal.

—¡Dijiste *porquería*! ¡*Porquería* es una grosería! —dijo Stink, boquiabierto.

—*Porquería* no es una grosería. ¿Hay un mapa en este auto? NO tengo ni idea de a dónde vamos.

Stink y Judy se miraron uno a otro con horror. Judy revolvió los papeles que estaban en el suelo del auto y encontró un mapa.

—¿Puedes llevarte una infracción por manejar demasiado lento? —preguntó Stink.

La tía Opal pisó el acelerador otra vez. El mapa salió volando... por la ventana.

Después de dar vueltas y vueltas durante lo que les pareció horas, Judy señaló una vieja y oxidada rueda de la fortuna en un parque de diversiones abandonado, cuya entrada estaba remachada con tablones.

—Oigan, ya hemos pasado por aquí como tres veces —dijo Judy.

Entonces se escuchó un chisporroteo. La tía Opal se dejó arrastrar sin rumbo fijo en el auto hasta el cascado estacionamiento cubierto de hierba.

—O-oh. Nos quedamos sin gasolina

—Sin mencionar que... Estamos completamente súper perdidos —dijo Stink.

Judy vio a su alrededor.

—¿Todavía estaremos en Virginia?

—Claro que estamos en Virginia. ¿Ves ese letrero? —un polvoriento y viejo letrero colgaba de una única cadena: EMBARCADERO LARKSPUR. LA ATRACCIÓN TURÍSTICA NÚMERO 1 EN VIRGINIA.

—¿Podemos comer? Me muero de hambre —dijo Stink.

—Yo soy Judy —dijo Judy—. Gusto en conocerte, Muerto de Hambre.

—Juar, juar, qué chistosita —dijo Stink.

¡Flap! La manta veraniega se tendió sobre una desvencijada mesa de picnic de sólo tres patas. Judy y Stink se acomodaron en una taza gigante de un viejo juego mecánico de té.

—Miren eso —dijo Opal—. ¡Vamos a comer en la Zona de la Diversión!

—Querrás decir la Zona de la PERDICIÓN —dijo Judy—. Te equivocaste de letras.

—Esto tiene que valer algunos puntos estimulantes, ¿no? —dijo Opal, demasiado alegre.

—No tanto como el Recorrido Nocturno por el Cementerio.

La tía Opal abrió la canasta de la merienda.

—Lo sé. Perdón por eso. Veamos, salchicha para ti… y pavo para Stink.

—Pero sin mayonesa, ¿sí? —dijo Stink—. Fúchila la mayonesa.

Judy sacó su sándwich y se lo llevó a la boca. JUSTO cuando estaba a punto de darle una mordida, lo olfateó.

—Algo huele raro.

Stink le dio una olisqueada a su sándwich.

—El mío huele chistoso también. Casi como…

Los dientes de Judy tocaron el pan. Estaba a punto de ponerle un mordisco cuando…

—¡EXCREMENTO! —Stink le dio un manotazo al sándwich, tumbándolo de la mano de Judy. Luego se dio la vuelta, enloquecido. Pegó un salto y apuntó a la comida.

—¡Guácatelas, qué asco, ugh, ugh, ugh!

Judy se quedó viendo algo café y blando debajo de su sándwich.

—¿Qué ES eso?

—¡Es excremento! ¡Así como los de plástico, pero de verdad! ¡Estiércol! ¡Abono! ¡CACA! —y le mostró a Judy su sándwich, embarrado de porquería.

Judy y Stink saltaron alejándose tanto como podían y se cayeron de su taza de té gigante gritando.

—¡AAAAAGGGHH!

La tía Opal cerró de un manotazo la tapa de la canasta, donde estaba el resto de las bolsas.

—¡Porquería!

—¿Otra vez?—dijo Stink, sonriendo.

Una semana después, Judy subió una nueva tarjeta postal de Rocky a su cuarto. La pegó con cinta adhesiva a la maceta de Mandíbulas, junto a su laptop.

¡FELIZ DÍA NACIONAL DEL HOT DOG!
(Si recibes esta postal el 23 de julio.)
Estoy a punto de alcanzar los ¡60 PUNTOS!
—El Súper Rock

Judy encendió su computadora y empezó
a teclear un correo electrónico.

Querido Rocky:
Disculpa que no haya escrito en taaaanto
tiempo. No vas a creer todas las cosas que
han pasado en el último par de semanas.
¿Has estado alguna vez en un picnic de
caca? Yo sí, ¡y apeSTINKa!
Juar, juar.

Judy escuchó unas sonoras risas que venían del cuarto de Stink.

—¡Cállense, chicos! ¡No me puedo oír a mí misma escribiendo! —y se asomó al cuarto de Stink. Él estaba dándole a la tía Opal una lección de manejo en su cama con forma de auto de carreras.

—Entonces, lo principal es que debes poner las manos en el volante de dirección en las diez y las dos, como si tus manos fueran las manecillas de un reloj.

—Chicos, me están volviendo loca *desenfrenada* —dijo Judy—. ¿No podrían jugar algo *silencioso* como lenguaje de señas o algo así?

—O algo así —dijo Stink. Saltó y cerró la puerta.

Judy regresó a su carta.

¡NO hemos podido encontrar al señor Todd por ningún lado! Frank y yo buscamos... en el centro comercial, en el parque, en el supermercado Speedy. Incluso encontramos a un tipo con una gorra de QUÉ MÚSICA justo como la del señor Todd, pero resultó ser ¡UNA ESTATUA!

Amy tiene muchisérrimos puntos en Borneo. Y oye esto: yo casi estoy fuera de los desafíos, sigo sin tener ¡UN SOLO punto que me aliente! ¡No miento! Traté de cabalgar en un elefante del zoológico, pero la tía Opal desbarató el auto en el camino hacia allá, y una grúa nos remolcó. Cero puntos estimulantes. Una noche de la semana pasada tratamos de ir a escondidas por la calle para hacer arte gorila (larga historia). Mala idea: llovió a cántaros. Luego estuvo la clase de surf con Frank en la playa. De veras, fue una mala idea. Terminé dándole un beso a una medusa muerta! ¡Agh!

Así que mi conteo de puntos estimulantes se reduce a *nada*,[3] cero a la izquierda, nada de nada, gracias sobre todo a ¡Frank Esponja, Trasero Cuadrado! Por favor, por favor, POR F-A-V-O-R invéntate algunos otros desafíos para mí porque el verano lleva ya más de la mitad y se va a acabar pronto, y yo voy a ser una perdedora de hacer retos sin un solo punto.

---

[3] En español en el original.

FranKoyón

∽

Más o menos una semana más tarde, Judy se estaba poniendo un sucio y rasgado vestido de bodas encima de sus shorts, cuando sonó el timbre.

—¡Judy! ¡Frank está aquí! —la llamó la tía Opal—. ¿O debería decir *Frankenstein* está aquí?

Judy le dio un último tirón sobre la cabeza al esperpento de peluca en forma de colmena.

—¡Ahorita voy! —agarró su mochila y se apresuró a bajar las escaleras.

—¡Hola, Judy! ¿Lista para la Permanencia Voluntaria de la Malévola Criatura Imaginaria?

—Me encanta tu cabeza cuadrada —dijo Judy—. ¿Son de a de veras esos pernos en tu cuello?

—¿Quién se supone que *ERES*? —preguntó Stink.

—¡La novia de Frankenstein! ¡Quién más! —dijo Judy.

—¡Yo soy Frankenstein! —dijo Frank ufanándose.

—¡Claro que lo *cadav-eres!* —Stink se botó de la risa—. Iiiiiuuuu. ¡Frank y Judy se gustan, se quieren! S-O-N N-O-V-I-O-S.

Frank se puso rojo como tomate, y Judy le atenazó la boca a Stink con la mano.

—Retráctate o te pondré de comida para Mandíbulas —dijo Judy.

—S-O-I-V-O-N N-O-S—gritó Stink mientras salía como una bala por la puerta.

Cuando Judy y Frank llegaron al cine esa noche, la marquesina decía: FESTIVAL AULLIDO: TRUENO DE UNA NOCHE DE VERANO. Música escalofriante atronaba en los altavoces. Los dos le pasaron el dinero a un vendedor de boletos con cara de vampiro al que le escurría sangre de los colmillos y las comisuras.

—¡*Quieró* tomar su *dineró*! ¡Mua ja ja! —dijo el vampiro dizque tratando de imitar el acento de Transilvania.

—¿Desde cuándo los vampiros usan chamarras de esquí? —preguntó Judy—. Es verano.

—¡Desde que uno se congela por aquí! El aire acondicionado se enloqueció.

Judy miró a Frank. Frank miró a Judy.

—¿Dijo "congelarse"? ¿Cómo de frío? —preguntó ella.

—¡EL SEÑOR TODD!

Una vez adentro, corrieron por todo el vestíbulo, buscando aquí, allá y acullá. Ni rastro del señor Todd.

—Voy a ver en el baño de hombres —dijo Frank y enseguida se abrió camino para entrar. Judy irrumpió por la fuerza detrás de él.

—¡Oye! ¡SALTE! ¡Las niñas no pueden pasar! —Frank empujó a Judy afuera de la puerta.

Ella esperó.

—¿Y? ¿Ahí está? ¿Lo encontraste?

—Nop. Sólo al Conde Drácula y a una langosta mutante —dijo Frank—. Me rindo. El señor Todd probablemente esté entrenando pingüinos en el Polo Norte o algo parecido.

—O algo parecido —dijo Judy.

Judy y Frank se compraron cubos de palomitas y se encaminaron a las escaleras. La pequeña sala de cine estaba abarrotada de chicos aventando palomitas por todos lados, vampiros mascando chicles, y zombis. Judy y Frank se sentaron en la hilera de enfrente, en todo el centro.

—Recuerda, esto es permanencia voluntaria, función doble. Así que nada de ponerse de chilletas, ¿eh, Frank? Tenemos que quedarnos hasta el final si queremos ganar puntos.

—A mí no me mires. Tú eres la que se va a hacer pipí en los calzones justo cuando apaguen la luz.

Judy le echó un ojo a su anillo del humor. Ámbar. Ámbar era el color de *Nerviosa, Tensa*.

Justo entonces se apagaron las luces. Un grito estremecedor cundió en la sala. En la pantalla, una atolondrada jauría de zombis avanzaba tambaleándose hacia una mujer. Su vestido de fiesta se enganchó en la puerta de un automóvil, y ella dejó escapar un grito aterrador que le erizaba la piel a cualquiera.

Frank le apretó el brazo a Judy.

—Solo, malo. Amigo, bueno —dijo él con voz de Frankenstein. Y masticó sus palomitas súper rápido.

—*GRRrrrrrrr* —los zombies gimoteaban y gruñían.

—*¡AAAAAHH!* —gritó nuevamente la mujer.

Se le cayó el ojo a un zombi y salió rodando calle abajo.

—¡Ay, nanita, qué ojote! —gritó Frank.

—Lo bueno es que ya está muerto —dijo Judy.

—¡SSHHH! —les dijo una zombi porrista que estaba sentada atrás de ellos.

—*Es innegable. Los muertos están entre nosotros* —dijo una espantosa voz—. *Están invadiendo la ciudad de Washingtumba. Cierren con llave sus puertas. Atranquen sus ventanas.*

Los zombis marchaban desperdigándose por el pueblo, aporreando los muros y derribando las puertas. Un zombi se comió algo que parecía una pierna humana.

Frank ahogó un grito y le tiró encima un poco de refresco a Judy.

—Yo, este, me acabo de acordar de que... olvidé darle de comer a mi pez dorado —se levantó para irse, derramando refresco por doquier.

Judy lo jaló de la manga para regresarlo a su lugar.

—Sién-ta-te. No te me pongas todo Franké-mello justo ahora. ¡Ésta definitivamente es nuestra última oportunidad de ganar puntos estimulantes!

Un zombi perdió el equilibrio, y súbitamente sus ojos lechosos y su cara veteada de sangre abarcaron la pantalla completa.

—*VENGO POR LA CENA. ¡VENGO POR TIIIIII!*

—¡Aaaaaggh! —gritó Frank, luego le saltó a Judy en las piernas, tumbándole el cubo de las palomitas—. Yo me voy de aquí.

Judy lo agarró por la camisa.

—¡Tú NO te vas a ningún lado, Frankens-tein! —Frank dio un tirón apartándose y *¡RIIIIPP!* Un desgarrón. Ella se quedó con media camisa en las manos.

Frank pegó la carrera pasillo arriba. Judy se lanzó a toda velocidad tras él y sólo pudo alcanzarlo ya fuera del cine.

—¡Estás muerto, Frank Pearl!

—No me digas, los muertos son los zombis. ¡Ya me voy a mi casa!

Judy echó las manos a la cabeza haciendo un aspaviento.

—Genial. Simplemente genial. Rocky y Amy están pasando las Vacaciones Más Divertidas de la Vida ¡y yo aquí atorada con Frankalarido!

—¡Oye! —dijo Frank.

—¡Rocky y Amy no se pondrían así de nerviosos nada más con dos segundos de zombis! ¡Rocky y Amy no me tumbarían de la cuerda floja! ¡Rocky y Amy no me vomitarían encima!

Frank echaba chispas por los ojos de puro coraje.

—¡Mira quién habla! Tú y tus estúpidos puntitos y retos y esquemas… le absorben la diversión a todo. ¡No eres más que una enorme y cuadrada y mojada… ESPONJA DE LA DIVERSIÓN! —y se alejó pisoteando muy fuerte calle abajo.

—¿Esponja de la diversión? —se desgañitó Judy a sus espaldas—. ¡Rocky y Amy no me dirían que soy una esponja de la diversión!

Frank siguió su camino. No miró atrás. Judy ahuecó las manos en torno a la boca para gritarle.

—Bueno, si yo soy una esponja de la diversión, entonces tú, tú eres un descomunal ¡TRAPEADOR de la diversión!

Frank dio la vuelta en una esquina y desapareció. Judy pateó la banqueta. Luego se dio la vuelta para regresar al cine.

—Un momentito, Novia de Godzilla, ¿dónde está tu boleto? —le dijo el de la entrada.

—Allá dentro. En mi mochila. ¡De veras! ¡Ya pagué! Pregúntale al vampiro —Judy apuntó con el dedo a la taquilla, pero estaba vacía. No había ningún vampiro.

—Lo siento. No hay boleto, no hay película —dijo el encargado.

Judy giró sobre sus talones y se fue furibunda. Pateó una hoja. Pateó un palo. Pateó una piedra durante todo el camino a casa.

—¡Esponja-de-la-diversión... tú-lo-serás! —la piedra rodó por la calle y fue a parar justo enfrente de su casa—. ¿Y ahora qué roñas...?

En medio del jardín delantero, una montaña de desperdicios: latas de atún, costales, restos de alfombra vieja, malla de alambre y tubos se habían convertido en una estatua titánica. ¡PIE GRANDE!

Opal estaba trepada en una escalera, repellando con yeso la cara de Pie Grande. Stink trabajaba en sus dos desmesurados pies. La tía Opal la saludó con la mano.

—¿Qué-es-ESO? —preguntó Judy.

—Es Pie Grande, por supuesto —dijo la tía Opal—. Creo que en realidad ahora sí soy una artista "gorila".

—¿Nos quieres ayudar? —preguntó Stink, sonriendo picaronamente.

Judy caminó con pesadez hacia la puerta principal.

—Me ENCANTARÍA. Sólo que no puedo porque voy a pasar el resto de estas *caca*ciones tan aburridas *en mi cuarto*! Esta vez lo digo en serio.

—¡Aguas! Está de malas —le dijo Stink a la tía Opal.

—¡No estoy de malas! —subió de dos en dos los escalones de la entrada y dejó que la puerta con mosquitero se azotara detrás de ella. Judy pisó una postal, la machucó bajo su zapato. La tarjeta tenía una foto de Rocky haciendo saltar a un león a través de un aro. Decía:

¡85 puntos estimulantes!

—¡AGGGRRRR! —rugió Judy y subió volando hasta su cuarto para arrojarse a su cama. No pudo evitar fijarse en que su anillo del humor se había vuelto azul oscuro, que significaba *Desdichada, Furibunda*.

¡Tingalinga, ding! ¡Ding! ¡Ding! Ya a media mañana del siguiente día, Judy se despertó con el tintineo del camión de los helados. Se cubrió la cabeza con una almohada.

—Oye, Judy —la llamó la tía Opal—. ¡Son los helados! ¡Judyyyyyyy...!

Unos minutos después, la tía Opal, con una paleta de uva en la mano, tocó levemente la puerta del cuarto de Judy.

—¡Regresa cuando empiece la escuela! —exclamó Judy.

Opal empujó la puerta dejando una abertura de sólo una rendija.

—Lo siento, pero esto se va a derretir para entonces.

Judy ni se inmutó.

—Tú DE VERAS no quieres pasar el resto de las vacaciones en tu cuarto, ¿o sí? —con delicadeza, Opal levantó la almohada de la cabeza de Judy.

—¿Por qué no? Mi verano se estropeó por completo. A ciencia cierta y absolutamente confirmado —renegó Judy—. Pero me quedaré con la paleta. No le digas a Mamá.

—¿Tan mal está la cosa?

—¡Sí-i! Frank Pearl, el que solía ser mi segundo-mejor-amigo pero que ahora es mi-primer-peor-enemigo, me dijo que era una ESPONJA DE LA DIVERSIÓN.

La tía Opal no pudo abstenerse de soltar una risita.

—Eso suena MAL. ¿Y *eres* una esponja de la diversión?

Judy sorbió ruidosamente su paleta.

—¡Claro que no! ÉL es la esponja. ¡Es SU culpa que yo no haya conseguido ningún punto estimulante!

—Corrrrrecto. Puntos estimulantes.

—Bueno, es que son importantes. No puedes tener unas vacaciones PARA NADA aburridas sin ellos.

—Ah sí, claro. Obvio. Es como la Regla Número Uno del verano, ¿no? —Opal estuvo de acuerdo—. Así que sólo necesitamos conseguirte más puntos estimulantes. ¡No les hemos puesto los sombreros a esos leones!

SLURP. Se oían puros sorbetones a la paleta de uva.

—Los sombreros se echaron a perder, ¿no te acuerdas?

—Bueno, pensemos en otra cosa.

—Pero ya he pensado en todo. Total y absolutamente confirmado.

Entonces, una voz aguda alcanzó a entrar por la ventana.

—Probando, probando…

Judy y la tía Opal se miraron. Se apiñaron en la ventana y vieron una furgoneta del noticiario *NewsBeat* estacionada en la entrada, y a una señorita de las que presentan las noticias, de pie frente a la escultura de Pie Grande, entrevistando a Stink.

—Y tu nombre es…

—James Moody. Pero todo el mundo me dice Stink —dijo Stink, radiante.

—Así que, Stink, la fiebre de Pie Grande está arrollando el condado con veintisiete avistamientos recientes en las cercanías. ¿Eso es lo que te inspiró a erigir una estatua de Pie Grande?

—¡Stink está en la tele! —aulló Judy.

—¡La última en bajar es un pepinillo peludo! —dijo Opal, y las dos aporrearon las escaleras tratando de alcanzar la puerta del jardín.

—La gente dice que Pie Grande no es real. ¿Qué respondes a eso, Stink Moody?

—Él es *demasiado* real. ¡Y yo lo voy a capturar!

—*Si* lo atrapas, míster Stink Moody, vas a ser el niño más famoso en…

Judy saltó frente a la cámara, extendiendo el brazo sobre los hombros de Stink. Esbozó una muy amplia sonrisa morada de paleta helada.

—¡No te olvides de mí! ¡Yo también soy una seguidora de Pie Grande!

—¿Ah sí? —preguntó Stink, patitieso.

—Soy Judy Moody, con J. Y con U-D-Y —le dijo Judy a la reportera.

—Sí, a-já. ¡Buena suerte, niños! ¡Hablaremos con ustedes más tarde! Soy Jess Higginbottom Clark, WH20, en vivo para *NewsBeat*.

—Oigan, ustedes dos podrían salir en la tele —les dijo Opal—. Tenemos que ver las noticias hoy en la noche.

Stink volteó a ver a Judy.

—¿Desde cuándo eres una seguidora de Pie Grande?

—Desde hace un minuto. Es que simplemente tuve la más brillante idea de la vida. Atrapar a Pie Grande vale como un millón de puntos estimulantes. Las vacaciones ya casi se acaban, Stink. Éste es *definitivamente mi último chance* de ganar puntos. Si atrapamos a Pie Grande, ¡tal vez gane la carrera!

—¿Eh? —dijo Stink.

—Ay, olvídalo —dijo Judy—. ¡Sólo. Dime. Todo!

Código Pie Grande

✺

Judy y Stink se sentaron en la Cueva de la trastienda de Pelos y Plumas, esperando a que empezara la reunión de creyentes de Pie Grande.

—Ah, y otra cosa —le dijo Stink a Judy—. Los perros siempre aúllan cada vez que ven a Pie Grande. Página cuarenta y dos.

En ese momento, Zeke golpeó la mesa con un mazo.

—Bueno, seguidores de Pie Grande. La reunión de la noche del martes se declara en sesión —Zeke volteó a ver a una pareja de retirados. Ambos llevaban puestas sendas playeras que decían **ARMADOS HASTA LOS DIENTES POR PIE GRANDE** y llevaban cámaras fotográficas colgando del cuello.

—¿Rose y Herb?

—Presentes.

—¿Stink?

—Presente.

—¿El nuevo miembro?

—Judy Moody. Presente... ¿Dónde está todo mundo? —le cuchicheó Judy a Stink.

—¿A qué te refieres? Ya somos todos. Éste es el club.

—No pues sí, qué loco —dijo Judy.

—¿Rose? ¿Tienes un informe? —preguntó Zeke.

Rose se puso de pie y abrió un bloc floreado de resorte.

—¡Tres nuevos avistamientos! Es lo más que hemos conseguido en una semana.

—¡Excelente! —dijo Zeke—. Dame las coordenadas.

—Una mujer vio a Pie Grande quitando la ropa lavada de su tendedero en la calle de Ashberry, como a kilómetro y medio al este del centro comercial. Alguien más vio algo grande y peludo en el depósito de basura —Zeke iba clavando chinchetas en un mapa conforme ella enunciaba los puntos de ubicación—. Una tercera persona JURA que vio a Pie Grande anoche en la esquina de Croaker y Jefferson.

Judy se quedó sin aliento. Stink se paró de un brinco, volcando su silla.

—¿CROAKER y JEFFERSON? ¡Ahí vivo yo! —gritó Stink. Herb sacó una foto.

—¡Qué impresión! Pues entonces ustedes dos podrían montar guardia —dijo Zeke—. ¿Están dispuestos a hacerse cargo?

—¿Te refieres a algo como una operación de vigilancia? —preguntó Stink—. ¿Con una tienda de campaña y binoculares y sirenas de emergencia y silbatos y cosas así? —Zeke asintió con la cabeza.

Judy y Stink hicieron chócalas con las manos extendidas.

—¡Sí! ¡Va! ¡Estimulorama!

—Excelente. Herb y Rose, ustedes estarán a cargo del equipo.

Herb le confirmó estar de acuerdo con un elegante saludo.

—Hemos reunido todos los instrumentos adecuados en la camioneta.

Judy y Stink siguieron a Herb y Rose hasta donde estaba estacionada su camioneta.

—¿Vamos a tener que usar lentes de visión nocturna? —preguntó Stink.

—Sí, señor —dijo Herb y abrió la puerta posterior de la camioneta—. Tela de camuflaje, lentes de visión nocturna, videocámara, silbatos, termos para el café...

—¡Herb! Ellos no beben café —lo reprendió Rose.

—Una vez tomamos cuando estábamos esperando a Santa —informó Judy—. Sabía a rayos —y sacó la lengua.

—Bueno, pues listos —dijo Zeke—. Parece ser que ya no les hace falta nada

—se subió de un brinco a su Vespa negra y se puso su casco, presto para partir. *¡Brrrruuum!*—. Buena suerte, pequeño amigo. ¡Para ti también, chica Moody! Si ven algo, me echan una llamada. De día o de noche.

—Ése es el terreno —dijo Herb, entregándoles una última linterna de mano—. Recuerden, si necesitan respaldo, esta camioneta está a su servicio.

—Agosto 6, 8:13 p.m. La trampa está puesta... y la operación de vigilancia de Pie Grande ha comenzado oficialmente. Soy Stink Moody, informando en vivo desde el jardín trasero de los Moody.

—¡Stink! —dijo Judy—. Di que colgamos treinta y ocho tarros de crema de cacahuate como cebo para Pie Grande.

Y que tú estás simulando ser un arbusto de moras.

Stink se puso a hacer una toma panorámica con la cámara de video siguiendo la ubicación de Judy, quien iba tambaleándose de aquí para allá, pues llevaba puestos los lentes de visión nocturna.

—¡Oye! ¡Te ves como la Chica Búho o algo así!

Judy se tropezó y anduvo a trompicones unos segundos.

—Esto no sirve. ¡No veo nada!

—Eso es porque no ha oscurecido bien todavía, Chica Búho.

La tía Opal salió al jardín, llevando consigo un monitor de bebés.

—¡Tía Opal! ¡Saluda a la cámara! —exclamó Stink.

La tía Opal saludó con la mano.

—Bueno, niños. Repasemos nuestro plan. Ustedes dos se quedan en la tienda.

—Confirmado —dijo Stink.

—Si oyen o ven CUALQUIER cosa, me llaman inmediatamente con el intercomunicador.

—Confirmado —dijo Stink.

—¡Eh, ése es el monitor de bebés de Stink! —dijo Judy.

—Da igual. Bueno, ¿cuál es nuestra contraseña secreta?

Stink mantuvo presionado el botón del monitor.

—¡Código rojo! ¡Código rojo! —gritó.

—Perfecto. En el instante que yo escuche eso, bajaré en un dos por tres para ayudar.

—¡Tu anillo del humor está anaranjado! —dijo Stink—. Eso quiere decir que tienes miedo.

—No-o —dijo Judy—. Pero, Tía Opal, ¿qué pasaría si te quedaras dormida y Pie Grande nos atacara y nos medio comiera antes de que tú bajaras las escaleras?

Stink se empezó a burlar.

—No nos va a atacar. He estado practicando el lenguaje Pie Grandezco de señas —Stink se puso la mano en el corazón—. Esto significa "Soy tu amigo".

Judy se sobó el estómago.

—Esto significa "Tu cabeza estuvo deliciosa".

—Nadie será devorado aquí —dijo la tía Opal—. Ahora, recuerden nuestra promesa —la tía Opal, Judy y Stink trazaron una cruz sobre el corazón y chocaron los puños.

—NO-nos-vamos-a-quedar-¡DORMIDOS! —dijeron todos al unísono.

Media hora después, la casa estaba a oscuras. La tienda estaba en penumbra. Judy y Stink estaban repantingados encima de sus bolsas de dormir, en el quinto sueño.

De repente, el ruidoso ajetreo de un bote de basura sobresaltó el sueño de Judy. Ella, Judy Moody, escuchó ruidos terroríficos. Un gato maulló. La gravilla del suelo crujió.

Trató de despertar a Stink con un codazo.

—¡Stink! ¡Despiértate! ¡Hay algo allá afuera!

—¡ZZZZZzzz! —Stink se volteó hacia el otro lado.

—Código rojo. ¡CÓDIGO ROJO! —musitó Judy ansiosamente en el monitor de bebés. Presionó el botón para escuchar. Pero todo lo que pudo oír fueron ¡los ronquidos de la tía Opal!

Judy cogió una redesota para atrapar mariposas y bajó el cierre de la tienda de campaña. Asomó la cabeza por fuera del alerón de la tienda y echó un vistazo con los lentes de visión nocturna. ¡Espeluznante! El mundo era verde neón y negro intenso. Sin duda alguna, moviéndose por el césped, andaba una criatura peluda, de extraña figura y que brillaba en la oscuridad.

—¡Chones! ¡Macarrones! ¡Es... es él! ¡Código Pie Grande! ¡CÓDIGO PIE GRANDE!

La criatura peluda, verde y luminosa se acercó al árbol, chocando con uno y otro tarro de crema de cacahuate.

—¡Rayos! ¡Ay! ¡Ay! ¡Ay!

Judy entró en acción de un brinco. Echándose a correr al árbol, se abalanzó como un remolino. Arrojó bruscamente la red de mariposas sobre la cabeza de la criatura.

—¡TE ATRAPÉ!

—¡Aaaaagggh! —repentinamente, la hamaca se cayó del árbol, poniéndoles un porrazo que dejó a Judy y a la criatura tirados en el suelo.

—¡Aaaaahh! —gritó Judy. La criatura gritó también.

—¡Pie Grande! —exclamó Stink, que salió de la tienda, con una linterna en una mano y el monitor en la otra.

—¡CÓDIGO ROJO! ¡CÓDIGO ROJO! ¡CÓDIGO ROJO! —gritaba, acercándose a toda prisa al árbol en sus pantuflas de conejo.

Atrapado bajo la red, junto al árbol, estaba un monstruo de dos cabezas que gritaba y agitaba las piernas pateando el aire. Stink encendió el interruptor de la linterna, agarró una esquina de la hamaca y le dio un tirón.

—¡Oye! ¡Suéltame! —dijo el monstruo.

Judy se quitó de un jalón los lentes nocturnos.

—¿Fraaaank?

—¿Pie Grande? —dijo Stink.

—¿Qué estás haciendo aquí, Frank?

—Yo, este, mi papá me llevó de regreso al cine para recoger las mochilas que dejamos allá, y ahorita vi la casa a oscuras, así que pensé que podía echar la tuya a tu tienda de campaña o algo así para que la encontraras, sólo que me di contra un frasco, y luego tú ¡me pusiste esta red en el pelo!

—Perdón, pensé que eras Pie Grande —dijo Judy.

Stink alternaba el haz de luz adelante y atrás sobre ellos.

—¡Ja! ¡Hiciste que a Judy se le cayeran los calzones del susto, Frank!

—No —dijo Judy.

—¡A-já! ¡Te ESCUCHÉ! Estabas pegando de gritos como LOCA...

Inesperadamente, oyeron un fuerte ruido de algo que se resquebrajaba, proveniente de la profunda oscuridad del bosque. Stink miró a Judy, con los ojos como platos. Judy miró a Stink.

—Pie Grande —se aventuró a decir Stink en voz baja.

—No estés tan seguro. Eso fue un búho.

En eso estaban cuando ululó un búho.

—ESO fue un búho. O Pie Grande fingiendo SER un búho —dijo Stink.

—¡Vamos!

Judy y Stink agarraron sus instrumentos y marcharon al bosque.

—¿Vienes, Frank? —preguntó Judy—. ¡Vale muchisérrimos puntos estimulantes!

—Yo, eh, seguro, me gustaría y todo, pero, este... —sonó una bocina—. Ése es mi papá. ¡Me tengo que ir! ¡Adiós!

Judy y Stink caminaban de puntitas cruzando el jardín. Avanzaban lentamente acercándose cada vez más a la línea de árboles. En el linde del bosque, se detuvieron a escuchar.

—A lo mejor eso realmente fue un búho, Stink.

—No-o. Era ÉL. Lo sé. Pie Grande es famoso por sus ruidos de búho. Página cuarenta y dos —Judy y Stink estiraron el cuello y entornaron los ojos tratando de divisar algo en la oscuridad.

—Ve tú primero. Yo detengo la lámpara —dijo Judy.

—No, tú primero. Yo estoy grabando —dijo Stink encendiendo la videocámara.

—Está bien, Pantalones Espantados. Pero quédate cerca.

Stink se agarró por atrás de la piyama de Judy con una mano e iba grabando con la otra. Se adentraban poco a poco en el bosque. La ropa de Stink se enganchó a un árbol y... ¡que se oye un chasquido!

—¿QUÉ FUE ESO? —susurró Stink.

—¡Sssshh! ¡Vas a espantar a Pie Grande!

Siguieron de puntitas más lejos todavía en medio de la penumbra, respirando cada vez más entrecortadamente.

—¡Alto. Mira. Allá! —ella dirigió el haz de luz a una gran área de alfombrilla de hierba—. ¿Eso es una especie de cama o algo así?

—Sí. Una cama de Pie Grande. Página trece. Aquí debe de ser donde duerme.

Judy tragó saliva.

—Entonces ¿dónde está?

—Tal vez nos oyó venir. Probablemente nos esté viendo ahora —Stink se puso la mano en el corazón—. Señor Pie Grande, venimos en paz —el viento silbó entre los árboles—. ¿Hola? ¿Me puedes oír? —intentó de nuevo.

De repente, una criatura peluda se columpió en una rama, rozando a Judy y chocando con la cámara.

—¡AAAAAAHH! —Judy y Stink tiraron todo lo que traían y se echaron a correr, gritando, para salir del bosque. Cruzaron el riachuelo y el césped corriendo, subieron volando los escalones de la puerta trasera, treparon las escaleras y fueron directo al cuarto de Judy.

¡BAM!, azotó la puerta. No pararon de gritar hasta que los dos se acurrucaron bajo las cobijas en la litera de abajo. Judy recogió a Mouse y la abrazó pegadita a ella.

Comienza la persecución

❧

—Y luego —Stink le dijo a la tía Opal a la mañana siguiente— nos espantamos tanto que salimos corriendo del bosque y todo el camino de regreso hasta arriba, y tuve que pasar la noche en el cuarto de Judy.

—Tía Opal, ¡te lo perdiste! Te quedaste dormida todo el tiempo.

—Lo bueno es que lo grabé —dijo Stink—. ¡Ahí! ¿Ves? ¡Ésa es su cama!

—¿Estás seguro? —preguntó Opal—. A mí me parece nada más el bosque.

—Él estaba ahí, ¡lo sé! Pregúntale a Judy.

—Todo lo que sé es que conseguí una cepillada de zarigüeya y CERO puntos.

La tía Opal sonrió.

—Bueno, no se rindan. Podría tomar años atrapar a un monstruo.

—¿Años? —dijo Judy—. Necesito puntos lo más PRONTO posible, o sea, YA —de la nada, Judy clavó la mirada por la ventana. Los perros empezaron a ladrar y aullar.

Justo ahí, frente a sus propios ojos, a la puerta de su mismísima casa, una criatura alta, peluda y gorilesca con enormes pies ¡corría por la banqueta a toda prisa! Una jauría de perros aulladores le iba pisando los talones.

—¡Código rojo! —gritó Stink—. ¡Vamos detrás de él!

En un santiamén los tres se precipitaron a la puerta.

—¡Detrás de él! ¡Vamos, vamos, vamos! —gritó Judy. Ella, Stink y Opal se lanzaron como bólidos a perseguirlo por la calle.

Pie Grande y los perros dieron vuelta en la esquina.

—¡Tenemos que atraparlo antes de que llegue a la avenida principal! ¡Los autos lo van a volver loco! ¡Página doce! —gritó Stink.

¡Tingalinga, ding! ¡Ding! ¡Ding!

Stink, Judy y Opal frenaron en seco. Ella, Judy Moody, no podía creer lo que veían sus ojos. El camión de los helados se había parado en un alto. Pie Grande estaba agitando los brazos, haciendo señales para que se detuviera. Se trepó al camión de un salto y apenas pudo escapar de los perros y sus aullidos.

—¿Vieron lo que yo vi? ¡Pie Grande secuestró el camión de los helados! —gritó Stink.

—Ahora ya nunca lo atraparemos —dijo Judy mientras el camión arrancaba y se alejaba.

—Nunca digas nunca —dijo Opal al mismo tiempo que Jessica Finch apareció conduciendo su bicicleta. Opal estiró el brazo con la mano extendida frente a Jessica.

—¡ALTO!

Jessica frenó de golpe y se paró con un rechinido.

—Me temo que necesitamos esta bicicleta —dijo Opal—. Es una emergencia.

—¿Y QUIÉN eres tú? —preguntó Jessica Finch.

—Soy, eh, la agente especial para la Aprehensión de Grandes Criaturas No Identificadas. Necesitamos esta bicicleta para la persecución.

Anonadada, Jessica se bajó de su bici.

—¡Súbanse! —gritó Opal. Judy se subió de un salto frente al manubrio; Stink brincó a la parte trasera. Pedaleando frenéticamente, Opal timoneó la bici cruzando la calle, trepándose a la banqueta, metiéndose al jardín delantero de una casa y derribando un gnomo del patio.

—¡Yu-ju! —gritó Judy mientras volaban por entre un tendedero lleno de ropa al sol; luego esquivaron a un perro que les ladraba y se tropezaron con un aspersor de agua. *¡Zum!* Un rocío de agua les llovió encima.

—¡Esto es lo máximo! ¡Ya no tendremos que bañarnos hoy en la noche! —gritó Stink con alegría. Cuando alcanzaron la calle, avistaron de nuevo el camión de los helados.

—¡Ya lo tenemos! —gritó Opal. Le metió pata al pedal, pero el camino se volvió una subidita. Resoplando y jadeando, se paró sobre los pedales, gimiendo con cada empujón. La bici se bamboleaba y se desvió de rumbo.

—¡Zanja! —gritó Judy, y todos salieron volando de la bici. Los tres se levantaron y echaron a correr. Llegaron a alcanzarlo, por un pelito, pero el camión los rebasó.

—¡De vuelta a la bici! —vociferó Judy.

Jonc. ¡JONC, JONC, JONC! ¡ChiRRR!

En ese momento, una camioneta hizo chirriar los frenos conforme sus grandes llantas corrían a la par de la bici de Jessica. ¡Los Birnbaum!

—¡Son Rose y Herb, de mi club Pie Grande! —exclamó Stink.

—¡Tenemos un informe! Pie Grande está en... —empezó a decir Herb.

—...el camión de los helados. ¡Ya sabemos! —le gritó Stink.

—¡Súbanse! ¡Súbanse! —los urgió Herb.

Opal se apretujó detrás de Judy y Stink.

—Todo el mundo abróchese el cinturón —les dijo Rose poniendo en marcha veloz la camioneta como un murciélago salido de Transilvania.

Herb graznó en su radio de onda corta.

—Soy Herb Birnbaum, informando sobre un fugitivo hombre-gorila conocido como Pie Grande que acaba de secuestrar un camión de helados...

—¡A la IZQUIERDA! ¡Da vuelta a la izquierda! —gritaron Judy y Stink.

Rose viró a la izquierda con un rechinido.

—¡Creo que ya vi el camión! —dijo Opal, apuntando en aquella dirección.

—¡Más rápido! —gritó Judy.

Rose pisó el acelerador. La aguja marcó más arriba y más arriba. Setenta, ochenta, noventa...

—Les tengo que decir que ésta es mi primera persecución oficial de autos —dijo Opal.

—¿De veras? Nosotros nos embarcamos en dos o tres de éstas por semana —dijo Rose.

—Ahí está. ¡Justo frente a nosotros! —gritó Stink.

Súbitamente, una nube de envolturas de helado salió volando del camión y se estampó en el parabrisas.

—¡Está lloviendo helado! —dijo emocionado Stink.

—¡Es una estrategia para cubrirse! —dijo Judy—. ¡Justo como en las películas!

Rose prendió el aspersor y los limpiadores, luego metió a fondo el acelerador. De la nada, la furgoneta de *NewsBeat* WH20 apareció virando frente a ellos en una esquina.

Rose pisó los frenos.

—¡Viva! —exclamó Judy—. Esto es como en el Monstruo de los Alaridos.

—Sin vómito —dijo Stink en broma.

—¡Sigue a esa furgoneta! —ordenó Herb.

Rose volvió a meterle al acelerador a todo lo que daba. Se abalanzó con la camioneta por la calle, detrás de la furgoneta del noticiario, que iba a toda velocidad siguiendo al camión de los helados.

—¡Un atajo! —gritó. Rose patinó y luego fue dando tumbos veloz como una desquiciada a través de un campo de futbol.

¡Kabum! ¡Kabum! Atravesaron volando un estacionamiento lleno de topes. La camioneta dio la vuelta y salió del lugar. Rose se apresuró a salir tambíén, siguiéndoles la pista muy de cerca.

El camión de los helados y la furgoneta del noticiario dieron vuelta en un viejo lote de estacionamiento. La camioneta de los Birnbaum rugió sobre una cerca de setos impecablemente podada y dio un enfrenón.

Cuando la nube de polvo se asentó en el suelo, Judy volteó a ver alrededor.

—¡Oigan, miren! ¡Es el lugar del Picnic de Caca!

—¿El embarcadero Larkspur? —preguntó la tía Opal—. ¿Cómo pasó eso?

Judy y Stink descendieron de la camioneta con un brinco y corrieron hacia el camión de helados. Justo detrás de ellos llegaba el camarógrafo y la reportera. Al irse acercando, Judy se puso el dedo en los labios.

—¡Ssssshhh!

Avanzaron despacio a lo largo del camión. Judy se quedó estupefacta, casi se le cae la baba.

—¿Señor Todd?

El señor Todd esbozó una enorme sonrisa cuando la vio.

—¡Judy Moody! ¿Hace mucho que no nos veíamos! Creí que te vería…

—Sí, porque estamos salvándolo a usted de…

—¡PIE GRANDE! —exclamó Stink.

¡Pie Grande puso un pie afuera del camión!

Todos se quedaron patitiesos. Pie Grande se agarró la cabeza y se la quitó.

—¡ZEKE! —Judy y Stink aullaron al mismo tiempo.

La tía Opal y Rose llegaron corriendo, sofocándose. Judy y Stink empezaron a hablar al mismo tiempo.

—¡Es mi maestro!

—¡Es Zeke!

—¡No puedo creer que sea el señor de los helados!

—¿Desde cuándo eres Pie Grande?

La presentadora de noticias saludó a la cámara.

—Una insensata carrera por toda la ciudad nos ha conducido a este viejo embarcadero, donde resulta que Pie Grande parece no ser sino un adolescente usando una especie de ¡disfraz peludo!

El señor Todd le dio la mano a Opal.

—Qué tal. Soy el señor Todd, el maestro de Judy, es decir, cuando no soy el encargado de los helados.

—Así que *usted es* el Maestro Más Genial del Mundo —dijo la tía Opal—. Gusto en conocerlo por fin. Yo soy Opal Moody, la tía de Judy, bueno, cuando no estoy en plena persecución de camiones fugitivos de helados.

Todos se botaron de la risa.

—Y acá está Pie Grande —dijo el señor Todd—. Ya todos conocen a Zeke. Pensé que con toda la fiebre de Pie Grande que se desató por aquí este verano, sería divertido pasar a la acción. Escuché hablar del club Pie Grande, entonces fui y conocí a Zeke. Él apareció con un disfraz, así que lo contraté para que me ayudara a vender helados hoy.

—Zeke, ¿por qué no me dijiste? —le preguntó Stink.

—¡Nada que ver, amigo! Acabo de aceptar el trabajo. Apenas esta mañana conocí al señor Todd.

Judy le dio un manotazo a Stink en el brazo.

—Stink, ¿y por qué TÚ no me dijiste que el señor Todd era el señor de los helados? ¡Lo había estado buscando durante TODAS LAS VACACIONES!

Stink se encogió de hombros.

—¿Cómo iba yo a saber?

La reportera habló en el micrófono.

—Los avistamientos del día de hoy han sido de mucho ruido y pocas nueces, pero dos preguntas siguen en el aire. ¿Andará el verdadero Pie Grande suelto por ahí? Y, ¿se dejará ver para el circo?

—¿El circo? ¡Esperen! ¿Qué? ¿Hoy? —preguntó Judy.

Por primera vez notó la presencia de una enorme carpa a rayas que asomaba detrás de la vieja rueda de la fortuna. El embarcadero estaba todo adornado con estandartes y globos.

—¡Sí! Es hoy, qué bien —dijo el señor Todd—. Y obtuviste un premio por encontrarme, ¿recuerdas? ¡Asientos en primera fila!

Judy esbozó una radiante sonrisa.

—¡Guau, un millón de gracias! ¿Yo fui la primera en encontrarlo?

Los ojos del señor Todd chispearon.

—No exactamente...

Opal, Stink y Judy se sentaron en la hilera VIP, junto a un montón de niños de la clase de Judy. Ella se sentó junto a Frank.

—Oye, gracias por conseguirme un boleto para el circo —le dijo Frank a Judy.

—Te lo debía —dijo Judy—. Perdona que fuera semejante trapeador de la diversión.

—Esponja.

—Trapeador. Esponja. Estropajo. Lo que sea. ¿Quieres? —Judy le tendió su algodón de azúcar a Frank. Él hizo una mueca de asco.

Una mano peluda de gorila agarró un pedacito.

—Pie Grande ham-bre —dijo Zeke.

¡Tutu tutú tutu tutú tutu tu! Sonó una trompeta. El maestro de ceremonias salió al escenario, encabezando a estrellas del circo que hacían equilibrio sobre el lomo

de caballos y bebés de elefante. Los niños del campamento del circo, vestidos como payasos, estaban barriendo detrás de los elefantes.

—¡Eh, miren... allá está! ¡Rocky! ¡Y está recogiendo CACA DE ELEFANTE! ¡Ja! ¡Lo sabía! —dijo Judy—. ¡Hola, Rocky! ¡Soy yo!

Rocky iba vestido con un chistoso esmoquin y un sombrero de copa. Hizo un gesto con la mano para saludar a Judy. Mientras los payasos hacían volteretas sobre una colchoneta, Rocky se aproximó a una elegante caja.

—¿Tenemos a un voluntario entre el público? —retó a voz en cuello el maestro de ceremonias—. ¿Alguien lo suficientemente valiente para ser serruchado *por la mitad*?

Judy dejó su asiento en un santiamén, ondeando la mano en alto. Rocky cuchicheó algo al oído del maestro de ceremonias, que apuntó hacia Judy con su látigo.

—¡Síii! —y ella corrió a la pista central. Rocky abrió la caja y con un ademán la invitó a acomodarse adentro.

—¡Hola, Judy! —dijo sonriéndole con complicidad.

—¡Hola, Rocky! Te extrañé.

Rocky le echó el pestillo a la tapa. Luego, él y el maestro de ceremonias levantaron la caja para ponerla en unos caballetes. Rocky posó la mirada en la caja y empezó a serruchar. *¡ZZZrrrrZZZrrrr!*

¡Abracadabra! Ella, Judy Moody, fue serruchada por la mitad. ¡Asombroso! Luego, como si nada, la volvieron a unir en un abrir y cerrar de ojos.

¡Dos veces EXCEPCIONAL!

Estimulantélico

❧

En una perfecta tarde de verano, una semana antes de entrar a la escuela, cuando ni siquiera picaban los mosquitos, Rocky montó un circo en el jardín trasero de los Moody. Rocky llevaba puesta su camiseta de **YO FUI AL CAMPAMENTO DEL CIRCO**, y Amy lucía una camiseta de **YO FUI A BORNEO**. Frank traía una de **LOS ZOMBIS SON MUERTOS VIVIENTES**.

Por enésima vez en los últimos diez días, Rocky dijo:

—Y ahora, ante sus propios ojos, la única e incomparable Judy Moody será partida en dos.

Judy sostuvo en alto la mano con su anillo del humor. Azul-verdoso. *Calmada, Tranquila*.

—¿Después sigo yo? —preguntó Stink.

Rocky serruchó por la parte de en medio de la caja mágica. Judy gritó, lanzando salvajes patadas al aire. Rocky separó las dos piezas hasta que pareció que Judy había sido cortada en dos.

—¡Tarán! —dijo Rocky. Todos lo vitorearon, le aplaudieron y chiflaron.

—¡Asegúrate de armarla de nuevo, eh! —dijo Papá.

—Sí —dijo Mamá—. ¡Apenas acabamos de regresar a casa!

—Impresionante, Rocky. ¡Eso vale muchos MEGAPUNTOS! —dijo Amy.

Rocky empujó para juntar nuevamente las piezas de la caja. Abrió la tapa. Judy se incorporó sentándose, en una sola pieza, dejando ver su camiseta de **¡YO FUI A UN PICNIC DE CACA!**

Se salió de la caja.

—No me molesten con los puntos, ¿eh? Sólo porque USTEDES, chicos, me pusieron una arrastrada y me ganaron en la carrera…

Opal sonrió, haciéndole un gesto a Judy para que se acercara. Luego les susurró a Mamá y a Papá.

—¿Me prestan a Judy unos minutos? Prometo traerla de vuelta en UNA sola pieza.

Opal llevó a Judy a la calzada, donde le tendió un casco. Se treparon en la Vespa negra de Zeke, y Opal arrancó dándole un pisotón al pedal con un sonoro *¡brrrruum!* Judy iba agarrada de la tía Opal mientras salían disparadas con un rechinido hacia la oscura noche.

—¿Estás segura de que sabes manejar una de éstas? —preguntó Judy.

—¡Obvio! ¡Manejé una de éstas por todo el Sahara! ¿Cómo crees que logré que Zeke me la prestara?

Opal atravesó como una flecha veloz el barrio de Judy, calle abajo, y dieron vuelta en una esquina. Se detuvieron al lado de la Biblioteca Pública Mary Louise Shipman, y Opal paró el motor.

—Vamos —susurró la tía Opal, bajándose de la Vespa. Tomó un paquete envuelto en periódico que iba amarrado en la parte trasera de la motoneta—. Tenemos que hacerlo rápido.

Dos leones de piedra y mirada severa flanqueaban los escalones de la entrada.

—Estos chicos están MUY PERO MUY serios— desenvolvió el paquete, y el papel periódico dejó ver los dos sombreros hechos con las tapas de los botes de la basura, como nuevos.

—¡Qué bien! ¡Los arreglaste! —gritó Judy, y se apuró a ponerles los sombreros a los leones.

—¡Sí! Lo que significa que AHORA tienes... redoble de tambor, por favor... DIEZ fabulosos puntos estimulantes por hacer arte guerrillero!

—¡Lo hice! ¡POR FIN! —Judy estiró la mano—. Mira, Tía Opal, mi anillo del humor está morado.

—No me digas. Morado quiere decir *Feliz como una lombriz, en la cima del mundo.*

169

—¡Lo sabías!

—Sí. Así que —dijo Opal—, probablemente fue algo bueno que no pasaras el verano en tu cuarto, ¿no?

—Total y absolutamente confirmado. No habría caminado en la cuerda floja, ni me habría subido al Monstruo de los Alaridos, ni habría estado en una terrorífica operación de vigilancia a la media noche...

—Ni habrías tenido un picnic de caca —añadió Opal. Judy y la tía Opal soltaron la carcajada.

—NI habría encontrado al señor Todd, NI habría estado en una persecución de autos, NI me habrían serruchado por la mitad en el circo, NI... habría pasado las mejores vacaciones de la vida... contigo.

Opal rodeó a Judy con su brazo mientras se dirigían de regreso a la Vespa.

—Tengo una idea —dijo Judy—. ¿Qué tal si *no* te vas mañana? ¿Qué te parece si vives con nosotros?

La tía Opal le dio a Judy un abrazo.

—No puedo. Pero te voy a extrañar muchísimo —le dijo a Judy—. Aunque ¿sabes qué? Las vacaciones que vienen, estoy pensando en envolver la Torre Eiffel con diez mil bufandas. ¿Me vas ayudar?

—¿Es en serio? ¿De verdad? ¡Eso sería como estar-en-la-cima-de-una-montaña-de-ESPAGUETI de tan excepcional! Sin mencionar los chorrocientos mil puntos....

De pronto, los ojos de Judy se abrieron como platos. En el espejo retrovisor de la Vespa vio una figura misteriosa y peluda saliendo por un momento del bosque y pasando por un haz de luz que arrojaba un poste de la calle. ¿Sería él? ¿Podría ser?

Quizá era sólo un tipo alto con un suéter que le llagaba a las rodillas.

¿O era...?

—¡Tía Opal! —le murmuró al oído con urgencia—¡En el espejo! ¡Mira! ¡MIRA!

La tía Opal echó un vistazo al espejo.

—No veo nada. Sólo las hojas de esos arbustos que se están sacudiendo, como si alguien acabara de pasar por ahí o algo parecido.

—Exactamente —susurró Judy.

A la mañana siguiente, Judy oyó un *tut tut* y miró hacia fuera por la ventana del pasillo del segundo piso. Papá estaba amarrando una enorme maleta al toldo de un taxi.

Judy bajó las escaleras tan rápido como pudo. Todo el mundo se estaba abrazando y riendo y llorando, y Stink se aferraba a la pierna de la tía Opal con todas sus fuerzas.

—Nunca te voy a dejar ir —dijo Stink. Opal se subió al taxi. Stink corrió a la estatua de Pie Grande.

—París. El verano siguiente. ¡Sin falta! —le dijo a Judy. Opal se asomó por la ventanilla, despidiéndose alocadamente con la mano mientras el taxi iba calle abajo.

—¡Los quiero! ¡Adiós! —gritó Opal.

—¡Nosotros también! ¡Nos vemos el verano que entra! —Judy suspiró y se encaminó a la estatua de Pie Grande. Stink estaba pegando un cartel sobre una mesa para jugar a las cartas. ¡TOCA A PIE GRANDE! ¡50 CENTAVOS!

—¿Cincuenta centavos por tocar un pedazo de una alfombra greñuda y vieja? ¿Estás chiflado?

—Ejem —alguien se aclaró la garganta—. ¿Tienes cambio de un dólar?

Judy volteó a ver. Era Jessica Finch, en su bici medio rosa. La otra mitad estaba abollada, y muchas calcomanías y diamantina cubrían los rayones. Le tendió un billete de un dólar.

Stink lo tomó.

—¡Por supuesto!

—Gracias por arreglarme la bici —dijo Jessica.

—Sí, claro, no hay problema —dijo Judy.

Stink le pasó el cambio. Entonces, Jessica estiró lentamente un dedo... y tocó a Pie Grande.

—¡Eeeh! —y se rio.

Judy vio cómo otros niños del barrio venían bajando la calle.

—¡Cincuenta centavos por tocar a Pie Grande! —gritó Judy, haciéndoles señas con la mano.

—¡Oye! Ésa fue MI idea —dijo Stink.

—La tía Opal dice que el arte le pertenece a todo el mundo. Además, ¡tengo que juntar dinero para la Torre Eiffel! ¡Cincuenta centavos por tocarlo! —volvió a gritar, todavía más fuerte esta vez—. ¡Por un dólar, Pie Grande te da la mano!

—¡Por CIEN DÓLARES, lo mudamos a su jardín! —exclamó Papá.

—Y por MIL —dijo Judy—, les enseño dónde está ¡el VERDADERO Pie Grande!

Judy Moody
se hace famosa...
¡en la vida real!

Judy Moody
y un verano que promete...
(Si nadie se entromete)

Película basada en los personajes de la serie de libros para niños
Judy Moody, *Best Seller* del New York Times, de Megan McDonald,
ilustrada por Peter H. Reynolds.

"La joven actriz Jordana
Beatty *es* Judy Moody.
Tengo que pellizcarme
cada vez que veo a mis
personajes saltando de
las páginas para cobrar
vida ¡en la pantalla grande!
¡Excepcional!"

—Megan McDonald

Una producción de Smokewood Entertainment
Guión de Kathy Waugh y Megan McDonald
Dirigida por John Schultz (*Pequeños invasores*)
Producida por Sarah Siegel-Magness y Gary Magness

SMOKEWOOD
ENTERTAINMENT

¿Necesitas más Moody?

Celebrando 10 megaMoody

¡Prueba esto!

años. ¡No es mentira!

Entrevista exclusiva con Judy Moody

Estrella de nueve libros de aventuras que hacen reír a carcajadas y ahora de una película ¡con actores reales!

Le seguimos la pista a la ocupadísima chica de tercer grado durante el recreo en la Escuela Primaria Virginia Dare para echar un vistazo de cerca a su vida personal y a sus muchos *moodycambios* de humor.

CWP: ¿Cuál es tu color favorito?

Judy: ¡He-llo-o! ¿Le has echado un ojito a tu anillo del humor últimamente? ¡Morado, por supuesto!

CWP: ¿Tienes un platillo favorito?

Judy: ¿Además de la pasta? ¿Y las costras? ¡UGH! Te puedo decir una cosa: NO es un tiburón. Es un empate de tres entre el mayor mapa de la pizza del mundo, un helado Niebla de Selva Tropical con Chocolate de la heladería Mimí y el *fondue* de mandarina hecho por mi tía Opal.

CWP: ¿Cuáles son tus pasatiempos?

Judy: ¡Uy, son muchos! Coleccionar cosas, desde cabezas de muñecas Barbie hasta costras. Leer los cincuenta y seis clásicos de misterio de Nancy Drew. Reparar muñecas para niños enfermos en el hospital. Molestar a Stink. Clonar cobayas. Hacer arte con curitas. Reciclar. Salvar al mundo en mi tiempo libre. Tener aventuras estimulantélicas.

CWP: ¿Cuándo es tu cumpleaños?

Judy: El 1 de abril. Y eso de NINGUNA manera es una broma del Día de los Tontos (April Fools' Day) que se festeja en Estados Unidos.

CWP: Hay un rumor por ahí de que estás enamorada de Frank Pearl. ¿Es cierto?

Judy: Respuesta borrosa. Inténtalo de nuevo más tarde.

CWP: ¿Qué es lo peor que te ha pasado en la vida?

Judy: ¿Aparte de que un sapo me orine e ir a una fiesta de cumpleaños de puros niños? ¿O la vez que Rocky estaba enojado conmigo y no me hablaba? Supongo que la peor experiencia del mundo de todos los tiempos fue cuando Frank Pearl se vomitó encima de mí mientras íbamos en la montaña rusa El Monstruo de los Alaridos.

CWP: ¿Qué es lo mejor que te ha pasado?

Judy: ¡Tuve que ir a la universidad! ¡Y en Boston! Y me gané un Premio Jirafa por sobresalir entre los demás. Pero lo mejor que me ha pasado en la vida, por mucho, es protagonizar una película… ¡de verdad, verdad!

CWP: ¿Por qué eres tan mandona con tu hermano, Stink?

Judy: Porque es mi hermano menor. La regla número uno de ser una hermana mayor es que se supone que tienes que estar a cargo y ser la mandamás de los más chicos a tu alrededor.

CWP: ¿Te gusta ser la hermana mayor?

Judy: A veces es mucha responsabilidad. Como la vez que Stink se quedó dormido en el autobús y ¡tuve que rescatarlo! De cuando en cuando él es un fastidio, un verdadero *insectink*. ¡Pero definitivamente es genial tener a alguien a quién gastarle algunas bromas, como poner una mano falsa en el inodoro!

CWP: **Si pudieras viajar a cualquier lugar del mundo, ¿a dónde irías?**

Judy: Me encantaría ir a medio mundo para visitar a Toria, una chica de Inglaterra que conocí cuando estaba en Boston. Para los que no saben, hicimos una piyamada gigantesca en su departamento de Londres, usamos piyamas de *Hola, Bugs Bunny* y nos gastamos dinero de su mèsada. O tal vez me gustaría ir a una selva tropical para encontrar a una tribu perdida, como hicieron Amy Namey y su mamá.

CWP: **Tienes una considerable colección de costras. ¿Por qué las coleccionas?**

Judy: Quiero ser doctora cuando crezca. Las costras son interesantes para examinar en un microscopio, ¡mucho mejor que la pelusa del ombligo!

CWP: **¿Menciona a una persona famosa que te gustaría conocer si pudieras.**

Judy: Elizabeth Blackwell, por supuesto, la primera mujer doctora.

CWP: **Muchos de tus fans quieren saber por qué tu pelo siempre está tan despeinado.**

Judy: ¿A quién le gusta cepillarse el pelo? ¡A mí no! Prefiero estar prediciendo el futuro, coleccionando chicles YM, haciéndole una operación a una calabaza o acumulando puntos estimulantes.

CWP: **Tuviste que ir a la universidad durante unas semanas para obtener ayuda extra. ¿Crees que eso te hizo más lista?**

Judy: ¡La universidad es impresionante! Es súper chévere y ultracrucial. Ahora soy más lista que Stink, claro. Y mucho mejor en matemáticas. Sin mencionar que mi vocabulario es ¡enfermamente-fenomenal!

CWP: ¿Si pudieras tener cualquier tipo de animal como mascota, ¿cuál sería?

Judy: ¡Un oso perezoso de dos pezuñas! Son bien dormilones y suaves y acolchonaditos. Pero no quisiera abandonar a mi famosa gata llamada Mouse, que sabe tostar el pan, ni a mi planta carnívora, comedora de hamburguesas, mi Venus atrapamoscas llamada Mandíbulas.

CWP: ¿Tu anillo del humor está de un color la mayor parte del tiempo, o siempre está cambiando?

Judy: Casi todo el tiempo está azul, lo que significa que estoy de un humor feliz, contenta. Pero a veces se vuelve negro, y cuando eso pasa —ten cuidado—, estoy de muy pero muy mal humor. ¡GGGRRRR!

CWP: ¿Qué te pone alegre, *en-la-cima-de-una-montaña-de-ESPAGUETI-y-del-mundo?*

Judy: Un montón de cosas. Ir a la universidad, resolver un misterio, salvar el mundo. Pero también coleccionar curitas, salir bien en mi prueba de ortografía, hacer un *collage* de MÍ, que mi foto salga en el periódico. Lo que me puso más pero MÁS contenta, en la cima del mundo, fue cuando pude hacer arte "gorila" con mi tía Opal.

CWP: ¿Alguna vez se te ha irritado la garganta por decir GGGRRRR?

Judy: ¡PARA NADA!

CWP: Una última cosa, Judy. Nos encantaría que compartieras con tus fans algunos de tus pensamientos y sentimientos sobre Megan McDonald.

Judy: ¿Megan McDonald? ¿Quién es Megan McDonald?

10 cosas que tal vez no sabías sobre Megan McDonald

10. La primera historia que Megan consiguió publicar (cuando estaba en quinto de primaria) trataba sobre un sacapuntas.

9. Leyó la biografía de Virginia Dare tantas veces en la biblioteca de su escuela que el bibliotecario tuvo que pedirle que le diera la oportunidad a alguien más.

8. Tuvo que ser un viejo-y-aburrido-peregrino en Halloween durante años porque tenía cuatro hermanas mayores que seguían pasándole sus disfraces de peregrino a ella.

7. Su juego favorito es el Juego de la Vida.

6. Es miembro de por vida del Club de la Heladería Mimí, en su ciudad natal de Sebastopol, California.

5. Tiene una colección de curitas que compite con la de Judy Moody, incluyendo curitas con olor a tocino.

Foto de la autora por Michele McDonald

4. Es dueña de un rompemandíbulas más grande que una pelota de béisbol, y nunca de los nuncas se lo va a comer.

3. Como Stink, Megan tenía una salamandra acuática de mascota que se fue por el desagüe cuando ella tenía la misma edad de él.

2. Megan suele empezar a escribir un libro garabateando en una servilleta.

1. Y la cosa número uno que tal vez no sepas sobre Megan McDonald es: una vez fue ¡la telonera del Pastelito Más Grande del Mundo!

¡Hurra!

10 cosas que tal vez no sabías sobre Judy Moody

10. Su cumpleaños es el 1 de abril… ¡El **Día de los Tontos**! ¡No es broma! ¡Juar, juar, qué chistosita!

9. Una vez se robó el cordón umbilical de Stink y se lo llevó a la escuela para su proyecto sobre el cuerpo humano.

8. En un espectáculo artístico en la universidad, Judy ganó un premio especial, "Mención Horrorífica", por su pintura. Sólo hay que preguntarle a Stink.

7. En Serbia, el nombre de Judy Moody es Caca Faca.

6. En la versión cinematográfica de su vida, Judy es interpretada por Jordana Beatty, una actriz de Australia.

5. Casi se come un sándwich de caca en un picnic. ¡Guácala!

4. Una vez compitió en las Olimpiadas. Las Olimpiadas de Batalla de Comida (y perdió contra el Hombre Súper Tomate).

3. En otra ocasión perdió su anillo del humor en un ático fantasmagórico, que la condujo a ¡un misterio de verdad con un código secreto para descifrar!

2. Un talento especial de Judy es que puede enrollar su lengua como un hot dog.

1. En primero de primaria, recibió cinco tarjetas de San Valentín de parte de Frank Pearl. ¡Ooh-la-la!

¿Quieres hablar al estilo Judy Moody?

Aquí hay unas cuantas palabras y frases para ayudarte a sonar extra Moody, ¡igual a Judy!

* ¡SAPsOlutamente chévere!
* ¡Cáscaras!
* Total y absolutamente confirmado
* Genuino-y-de-a-de-veras

* ¡Cool!
* ¡Hurra!
* No-aburrido
* Supercalifragilistico-estimulantélico
* Apestink

* Guacaloso
* Esperpéntico
* Megadivertido
* O algo así
* Espeluznático
* Igual-igual
* Furitriste

* ¡GGRRRR!
* ¡Excepcional!
* No miento
* Muchisérrimos
* Superextrachévere

* SPQLS (sólo para que lo sepas)
* LAH (larga y aburrida historia)
* YB (ya babeado)
* AMI (asunto muy importante)
* SEBC (sólo estaba bromeando, claro)